KB040896

비로소
나를
만나다

비로소 나를 만나다

초판 1쇄 인쇄 _ 2021년 6월 15일
초판 1쇄 발행 _ 2021년 6월 20일

지은이 _ 김건숙

펴낸곳 _ 바이북스
펴낸이 _ 윤옥초
책임 편집 _ 김태윤
책임 디자인 _ 이민영

ISBN _ 979-11-5877-243-7 03810

등록 _ 2005. 7. 12 | 제 313-2005-000148호

서울시 영등포구 선유로49길 23 아이에스비즈타워2차 1005호
편집 02)333-0812 | 마케팅 02)333-9918 | 팩스 02)333-9960
이메일 postmaster@bybooks.co.kr
홈페이지 www.bybooks.co.kr

미래를 함께 꿈꿀 작가님의 참신한 아이디어나 원고를 기다립니다.
이메일로 접수한 원고는 검토 후 연락드리겠습니다.

나와 함께, 나답게, 나를 위해

비로소
나를
만나다

김건숙 지음

바이북스
ByBooks

나에게로 향하는 길

아직도 진행형인 코로나 시대에 어떻게들 지내시는지요? 저마다 내용은 다르겠지만 지난 삶과는 많이 다른 시간을 살아가실 거라 생각합니다. 저 역시 180도 다른 삶을 살아가고 있습니다.

오래전 한 청년이 하는 강의에 갔는데, 그가 청중을 향해 질문을 던졌어요. 자동차가 달릴 수 있는 건 무엇 때문이냐고요. 그때 저는 뻔한 질문을 한다면서 당연히 액셀러레이터가 있기 때문이라고 생각했습니다. 정말이지 너무 뻔한 답이었던 거지요. 그런데 청년은 브레이크 때문이라고 했습니다. 그렇습니다. 브레이크가 없다면 액셀러레이터를 밟을 사람이 누가 있겠습니까? 놀랍고도 신선했던 그 질문이 코로나 시대에 다시 떠올랐습니다.

몸과 마음을 돌보지 않고 달려온 날들이 이제야 보였습니다. 브레이크를 밟을 줄 모르고 줄곧 액셀러레이터만 밟아온 시간들이 말입니다.

생각해보니, 재작년(2019년) 가을에 제 삶의 브레이크를 스스로 걸기는 했습니다. 몸도 마음도 과부하가 왔던가 봅니다. 쉼과 함께 저를 돌아볼 시간을 갖고 싶어서, 아니 앞으로는 종종 그런 시간을 갖겠다고, 제주를 은신처로 삼고 떠났습니다.

그것도 11월 11일이라는 날을 택해 거사를 치렀답니다. '처음으로(1), 온전히 나 혼자만의 의지로(1), 혼자 떠나서(1), 하루 묵는 (1) 여행을 떠난다'는 의미를 담기에 이만한 숫자가 없었지요. 첫 발 떼고 용기 얻은 저는 다시 떠나기 위해 이듬해 2월 초로 모든 일정을 맞추어 예약해놓았습니다. 그러나 코로나19 때문에 취소하고 말았습니다.

그리고 본격적으로 외부와 차단되면서 제 시선과 활동영역은 점점 더 제 둘레와 저에게로 향했습니다. 뒷산의 숲과 거실책방이 생활의 중심 영역이 되었죠. 때마침 어깨 부위에 심한 통증이 오면서 운동제한이 있었고, 건강검진에서 적신호가 켜지면서 몸도 저의 큰 관심 영역으로 들어왔습니다. 그리고 가장 여유로운 시간이 된 오후 세 시를 기록하면서 저를 들여다보았습니다.

코로나가 아니었다면 몸과 마음은 과연 어떤 상태에 이르게 되었을지 모르겠습니다. 덕분에 처음으로 사계절의 작은 변화까지 가까이에서 지켜보았습니다. 흐트러진 몸도 돌볼 수 있었습니다, 어디선가 분주하게 움직이던 오후 세 시에도 저를 만날 수 있었습니다. 지금까지의 삶을 통틀어 가장 간소한 삶을 살았고, 가장 고요한 시간을 가질 수 있었습니다.

코로나19는 터지기 직전의 풍선처럼 빵빵하게 부풀어 있던 저의 몸과 시간을 구해주었습니다. 저쪽 강에서 이쪽 강으로 건너게 해준 소중한 다리와도 같은 존재이지요.

제주에서 '나'와 첫 대면한 뒤 숲에서, 몸에서, 오후 세 시에 '나'와 만나며 조금씩 알아가고 있습니다. 얼마나 알아냈는지는 미지수입니다. 그만큼 '나'라는 섬은 단단하고 복잡하기 때문입니다. 어쩌면 90살이 되었을 때조차도, 반도 알아내지 못했다고 생각할지 모르겠습니다.

그러나 중요한 것은 이제 나에게로 향한 길이 열렸다는 것입니다. 더 이상 그 길에 담 쌓지 말고 계속 드나들어야겠습니다. 나에게로 향한 길만큼이나 기대되고 아름다운 길이 또 있을까요? 그 길을 잘 닦아 놓아야 다른 사람에게로 가는 길도 아름답게 만들어 나갈 수 있을 것입니다.

법정 스님도 《홀로 사는 즐거움》에서, "우리가 가야 할 곳은 그 어디도 아닌 우리들 자신의 자리다. 시작도 자기 자신으로부터 내디뎠듯이 우리가 마침내 도달해야 할 곳도 자기 자신의 자리다"라고 하셨지요.

여러분은 지금, 어느 길을 걷고 계신가요?

chapter 2

숲에서
나를 만나다

chapter 3

오후 세 시에
나를 만나다

chapter 4

내 몸에서
나를 만나다

chapter 1

제주에서 '나'와
첫 대면하다

1111, 나와 마주하다

11월 11일 아침, 김포로 향하는 공항버스에 몸을 실었다. 다른 날이라면 침대 위에 누워 있을 올빼미형인 내가 창밖으로 스쳐 지나가는 풍경에 눈 맞추며 가슴을 진정시키고 있었다. 짐은 배낭 하나, 그 안에는 제주에서 하루 묵는 데 필요한 최소한의 물건들만 들어 있었다. 그리고 책 한 권, 《구덩이》(다니카와 슌타로 글·와다 마코토 그림, 북뱅크)가 있었다. 이런 날이 올 것이라곤 전혀 예상하지 못했다. 내게는 엄청난 도전이었기 때문이다.

호기심 아이콘이라 불리며 도전도 잘하고 실행력이 높은 나도 그러하지 못하는 것이 있었으니, 바로 '혼자 떠나 혼자 묵고 오는 여행'이었다. 여행이라면 가족과 함께하거나 남편과 둘이 다니는 게 전부였다. 장소와 동선을 짜놓기만 하면 출발 이후 일은 남편 몫이었다. 운전에서부터 휴게소에서 간식 사 오기, 식당과 메뉴 정하기, 입장권 사기, 숙소 잡기(예약 안 했을 경우)까지 등 대부분 남편이 알아서 챙겼다. 무슨 문제가 생기면 먼저 나서서 처리해주는 해결사이기도 해 남편과 함께라면 불안감은 1퍼센트도 없다.

　물론 일일 생활권 안에서는 혼자 하는 일에 거침이 없다. 그리고 혼자 떠나 잠을 자고 온 일이 전혀 없는 것도 아니다. 딱 두 번 있다. 강의 일정으로 울산에서 하룻밤 묵은 일과 북스테이 쿠폰으로 속초에 있는 책방에서 자고 온 일이다. 하지만 순수한 여행으로서 혼자 떠났다가 자고 온 경험이 없다는 얘기다. 속초의 책방 북스테이 쿠폰은 유효기간이 1년이나 되었는데 끝나는 달에 다녀왔으니, 내가 어떤 사람인지 말해준다.

　젊은이들에겐 나 홀로 배낭여행이 흔하디흔한 세상이다. 딸도 대학생이 되자마자 해외 이곳저곳을 다녀왔다. 하지만 50대 이후의 세대에게는 나 홀로 여행에 익숙하지 않다. 이야기를 해보면 의외로 30~40대에서도 심심찮게 만난다. 해외여행 자율화도 1980년대 후반에 이루어졌고, 우리 세대의 부모들은 먹고사는 일에 바빠 국내 여행조차 쉽지 않았다. 그러므로 그 아래에서 자라난 우리가 그러한 것은 당연한 일일 것이다.

　결혼 전에는 친구들과, 결혼 후에는 남편, 그리고 아이가 생기고부터는 아이들을 데리고 다니다 보니 자녀가 성인이 되어서야 슬슬, '혼자 떠나볼까?'라는 생각이 고개를 들었다. 딸들이 대학생이 되면 해외에서 한 달 살기 해보려고 들었던 적금도 만기가 지난 지 몇 년이나 지났다. 쉬이 떠나지 못하는 것은 아무래도 혼자 떠나 본 경험이 없기 때문일 것이다. 나이 들수록 몸도 점점 익숙한 것을 따르고 새로운 것을 잘 받아들이지 못한다.

그러하니 오십오 살이라는 나이에 여행 가방을 싸서 홀로 제주로 향하는 내가 대견하지 않을 수 없었다. 남편과 갈 때에는 몸만 잘 챙겨 가면 되지만, 혼자 떠나는 길이었으므로 신경을 바짝 세워야 했다. 해외로 출국할 때와는 달리 국내라고 그냥 간 바람에 공항에서 가까운 동사무소로 택시 타고 달려가 임시 신분증을 발급받은 경험도 있어 신분증도 잘 챙겼다.

비행기를 타기 직전 탑승구에 줄 서 있던 나는 항공권을 찍어 SNS에도 올리고, 주위 사람들에게 전송했을 정도로 벅찼다. 겉으론 조용해 보였겠지만, 마음속에서는 거사를 앞둔 사람처럼 큰 파도가 출렁이고 있었다. 이젠 과거의 내가 아니라 '새 역사를 쓰는 김건숙이 탄생하노라'라고, 외치고 싶은 심정이었다.

제주로 간 까닭은

제주를 11월 11일에 떠난 이유가 있었다. 1111, '처음으로(1), 온전히 나 혼자만의 의지로(1), 혼자 떠나서(1), 하루 묵는(1) 여행을 떠난다'는 의미를 부여하기에 이보다 완벽한 숫자가 없었기 때문이다. 내가 정신적으로 독립한다는 것을 기념하기에도 더없이 훌륭한 숫자였다.

그 장소가 제주인 것은 두말할 것도 없이 내가 좋아하는 곳이기 때문이었다. 아름다운 자연이 풍부하고, 올레길이 있고, 이국적이기까지 한 곳이니 더할 나위 없는 곳이다. 올레길이 생겼을 때부터 전 구간을 걸어야겠다는 꿈을 꾸었다. 비록 많은 시간이 흐른 뒤였고, 전 구간도 아닌 세 구간이지만 꿈에도 그리던 올레길을 걷는 기쁨을 누렸다. 한라산 등반도 했다. 김영갑 에세이집을 읽고 가고 싶었던 두모악에도 다녀오고, 오름에 오르며 아름다운 정취에 빠지기도 했다. 비자림, 사려니 숲길, 곶자왈을 걸으며 그들의 편안한 품에 안기기도 했다. 언젠가 '한 달 살기' 하며 오름을 카메라에 담고, 고즈넉한 길을 걷고 싶다는 생각도 했다.

다음으로는 일상에서 비껴난 시간을 갖고 싶었다. 어디에 매인 몸이 아닌데도 하루하루가 분주했다. 어디론가 뛰면서 이동하고, 책을 읽고, 글을 쓰고, SNS를 하다 보면 하루가 어떻게 가는지 몰랐다. 7개월 전 두 번째 책을 출간하고 북토크와 강의가 줄줄이 있었다. 13회의 북토크와 굵직한 강의도 몇 차례 있었다. 그러는 사이 산부인과 면역치료를 받으면서 몸도 지쳐 있었다(이것이 상피내암이라는 것은 나중에야 알았다). 애쓴 나에게 '쉼'이라는 선물을 주고 싶었다. 제주는 바다 건너 있으므로 일상과 분리해줄 수 있는 곳이었다. 공간의 분리는 심적 분리도 가져다준다. 게다가 제주는 멀지 않으므로 다녀오기에도 큰 부담이 없었다.

제주로 바로 떠날 수 있는 계기를 준 것은 조연주 에세이집 《제주, 그곳에서 빛난다》였다. 조연주 작가는 직장에서 받은 스트레스를 제주 여행으로 풀고 있었다. 그런데 지금까지 내가 생각하지 못한 것을 일깨워주었다. 알고 보니 요즘 젊은이들이 흔히들 하는 것이었다. 바로 이른 아침 제주로 떠났다가 저녁에 돌아오는 것이다. 조연주 작가는 주말을 이용한 하룻밤 여행으로도 많이 다녀왔다. 나는 제주라면 으레 며칠 머물다 와야 하는 곳이란 고정 관념에 묶여 있었다. 그것이 발목을 잡고 있었다. 그런데 당일치기나 일박만 하고 와도 된다고 생각하니 떠나야겠다는 마음이 쉬이 일어났다.

　제주에서 '나와 마주하는 시간'을 갖고 싶었다. 오십이 되었을 때 그런 시간을 가졌으면 더 좋았을 테지만 그때만 해도 작은딸이 고등학생이었다. 그래서인지 내 정신도 독립되어 있지 않았다.

　그런데 이제라도 떠날 수 있도록 큰 역할을 해준 것이 또 있었으니 바로 '인생명함'이다. 나는 문화센터에서 어른을 대상으로 그림책 강의를 하고 있다. '책 사랑꾼의 그림책 정원'이란 타이틀로 〈나로 살기 프로젝트〉라는 프로그램을 진행한다. 사회적으로 보여주는 성공이나 타인에게 과시하기 위한 것이 아니라, 나 자신이 진정으로 원하는 삶이 무엇인지 탐색해서 그걸 바탕으로 인생명함을 만드는 것이다. 수강생들에게는 '공표와 쓰기의 힘'을 강조하면서 버킷리스트를 작성하고 인생명함을 만들게 한다.

　나는 후반 인생을 맞아 이미 원하던 일을 하면서 살고 있지만 새로운 것을 찾아보니 또 있었다. 그래서 인생명함 목록에 '훌쩍, 제주(2019년 가을부터)'라는 것도 써 넣었다. 그랬더니 나도 모르게 제주행 항공권을 예약하고, 숙소를 찾고, 떠나기에 이르렀다.

　그러니까 인생명함을 만들고 난 뒤 나는 자연스럽게 제주를 검색하고 있었다. 그러면서 '가고 싶다'라는 마음이 들었고, 숙소를 찾고 있었다. 마음에 쏙 드는 곳이 나타나 숙박료를 문의했지만 그때만 해도 가겠다고 결정한 것은 아니었다. 처음으로 혼자 떠나는 것이라 마음이 쉽게 허락하지 않았다.

그런데 다음날, 반려견을 산책시키는 중에 불쑥 가야겠다는 마음이 들었다. 그래서 바로 숙소를 예약하고, 항공권을 알아보았다. 난 이것이 인생명함의 힘이라는 것을 믿어 의심치 않는다.

인생명함은 내가 좋아하는 초록색을 표지로 해서 4면으로 만들었는데 '눈이 부시게'란 이름표를 달고 있다. 인생명함은 앞으로 걸어갈 삶의 이정표로서 내 가치와 방향이 담겨 있다. 그래서 아래와 같은 문장을 새겨 넣었다.

   - 후반 인생은, '나와 함께', '나답게', '나를 위해'
   - 감동과 즐거움으로 나를 채우고, 그 가치를 세상에 알린다.
   - 느리게, 풍요롭게

'제주'는 바로 이러한 내용들을 실현시켜줄 최적의 장소였다. 홀쩍 다녀올 수 있는 곳으로도 마찬가지였다. 첫발을 내딛는 날로서는 11월 11일 하루면 충분했다. '나와 마주하는 시간'을 어떻게 시작할 것인가에 초점이 맞추어져 있었기 때문이다. 그리하여 따로 돌아다닐 곳도 알아보지 않았다. 아니, 처음에는 '책방과 올레길이 있으니 됐다!'면서 떠날 동기가 생겼지만, 이때만큼은 휴식과 함께 나와 마주하는 의식을 치르자면서 다른 욕심을 내려놓았다.

그리하여 가져갈 그림책을 고르고, 문장과 시를 뽑아 엽서에

쓰고, 도착하는 날 숙소에서 받을 책 한 권을 책방에 주문해두고,
제주 관련 영화를 한 편 보았다. 그렇게 두 달여 동안, 조용하면서
도 뜨겁게 보낼 '나 혼자만을 위한 의식이자 이벤트'를 준비했다.

'나'라는 우주 속으로

예약한 숙소 대표님이 친절히 알려준 대로 공항에서 버스를 탔
다. 동쪽으로 가는 일주 버스였는데 함덕에서 갈아타야 했다. 대표
님은 함덕에서 전화하면 데리러 나오신다 했다. 하지만 시간도 여
유 있고, 느릿느릿 다니고 싶어서 연락하지 않았다. 평소 멀지 않
은 곳은 차를 가지고 다니고, 먼 곳은 전철을 타는 편이라 버스 타
는 일은 많지 않다. 그래서 안내 방송과 노선도를 잘 살펴보았다.
혼자 여행에 익숙하지 않은 사람이 대중교통을 이용할 때는 몸과
마음에 긴장이 들게 마련이다. 함덕은 공항에서 50여 분 거리였으
나 멀다는 생각이 들지 않았다. 흥분과 긴장된 상태에서 창밖 풍경
을 구경하느라 시간 감각을 느끼지 못한 것 같았다.

정류장 근처에 작은 시장이 보여 들어가보았다. 장날은 아닌
듯했고, 초입에 식당이 몇 군데 보였다. 오래된 건물에 있는 식당
으로 들어가 제육볶음을 시켜 먹었다. 식구들이 운영하는 곳으로
보이는 작은 식당이었다. 제주에서 유명한 흑돼지로 만든 제육볶

음이었는데 특별한 맛은 아니었다.

조금만 걸어가면 함덕 해수욕장이어서 밥을 먹은 뒤 그곳으로 갔다. 그런데 머리칼이 얼굴을 계속 가릴 정도로 바람이 불어 바다에 오래 있을 수가 없었다. 평일인데도 젊은이들이 꽤 있었다.

커피를 마시고 싶어 카페를 찾았다. 해변에 있는 큰 카페는 베이커리와 함께 있는 곳이었고, 젊은이들이 가득하여 조용하고 분위기 있는 곳을 찾아 대로를 건넜다. 그러나 눈에 띄는 곳이 없어 결국 스타벅스로 들어갔다.

커피를 마시면서 점심 밥상과 바다 사진을 인스타에 올렸다. 내게는 대혁명과도 같은 일을 SNS 친구들에게 알리지 않을 수 없었다. 사진 아래에는 '혼자 밥을 먹고, 혼자 차를 마시니 시간이 느리다. 오랜만에 맞는 여유로움 달게 마신다'라고 썼다. 따져보니 집밖에서 그런 시간을 보낸 적이 없다. 일상이 나를 붙잡고 놔주지 않은 것인지, 내가 일상을 쥐고 달렸는지는 알 수 없다. 어쨌든 그 시간만큼은 여유로움 그 자체였다. 혼자는 조금 외롭지만 많이 넉넉했다.

바다를 바라보며 커피를 마시고, 오후 시간을 여유롭게 즐기다가 버스를 탔다. 얼른 숙소에 짐을 내려놓고 싶었다. 작은 배낭 하나여도 어깨 쪽이 좋지 않은 내겐 적지 않은 부담이었다. 무엇보다도 밤에 중요한 의식을 치러야 할 곳이므로 빨리 만나고 싶었다. 이번 여행에서 가장 중요하게 생각한 곳이 숙소였다.

　행성들이 우주에서 내려와 있는 듯한 특별한 숙소였다. '제주 이글루'라는 이름처럼 이글루 모양으로 지어진 방 여러 개가 마당에 놓여 있었다. '우주선 닮은 조용한 힐링 이색 숙소'라 소개하고 있었는데, '하늘과 바람과 별과 이글루'라는 문구가 더욱 나를 끌어당겼다. 알고 보니 숙소 대표님이 전직 카피라이터이자 시인이었다. 카피 '초코파이 정情'으로 큰 히트를 치고, 한 인스턴트 커피 브랜드를 스토리텔링과 감성 카피로 시청자들의 이목을 잡아끌게 만든 분이었다. 그는 서울 생활을 접고 내려가 숙소를 운영하며 제주를 한껏 즐기는 낭만가객이 되어 있었다. 이 모든 것들이 내 제주행과 아주 잘 맞았다.

　그래서 빨리 숙소에 가고 싶었다. 버스에서 내려 지도앱을 켰다. 아무리 길치라 해도 도심이 아니어서 찾기가 어렵지는 않았다. 660미터 거리를 걷는데 바람이 사정없이 머리를 헤쳐 눈을 가렸다. 대각선 반대편에 해녀촌이라는 식당 간판이 보이고, 대로변에서 꺾어든 곳에 자리한 부동산 외에는 별다른 가게가 없었다. 19코스 올레길이 지나는 곳인데 관광지는 아니었다. 연일 미세먼지가 가득한 곳에 있다가 맑은 하늘을 보니 얼마나 반갑던지 불어대는 바람 속에서도 하늘을 쳐다보고 감탄했다.

숙소는 조용한 동네 골목 안에 있었다. 걸어서 가는 동안 한 사람도 만나지 못했다. 가까워졌을 무렵, 나를 향해 짖어대는 개 소리만 요란하게 골목을 채우고 있었다.

마침 숙소 사장님 내외를 만났다. 외출하는 길에 돌아다닐 만한 곳에 나를 데려다주신다고 했다. 숙소를 돌아볼 새도 없이 짐만 놓고 사장님 차를 타고 나가 두어 곳을 돌아다녔다.

외출했다 들어온 저녁에는 드디어 나를 위한 이벤트를 시작했다. 마음에 담고 싶은 문장과 시를 쓴 엽서를 내게 주는 선물로 가져왔는데 테이블 위에 놓고 하나씩 들여다보기 시작했다.

나 자신이라는 산봉우리

스스로는 내가 꽤 독립적인 사람이라고 생각했다. 하지만 혼자서 여행조차 떠나지 못하는 것을 보면, 겁도 많고 꽤 의존적인 사람임을 인정하지 않을 수 없다. 특히 남편에게 더 그러했다. 과묵하기는 해도 내게 필요한 것이라든가, 부탁하는 것이라면 거의 다해주는 편이라서 점점 더 의지하게 되었을 것이다.

그러나 10여 년 가까이 남편은 일본에, 나는 한국에 머물면서 떨어져 살다 보니 자연스럽게 조금씩 혼자서 하는 것들을 해나가게 되었다. 그것이 아니더라도 반백 년 이상을 산 사람이라면 이제라도 정신적인 독립을 해야 하지 않겠는가. 따라서 이 여행은 '자유인'의 출발점으로 삼아야 한다.

거기에 중점을 두고 여행 계획을 짤 때, '홀쩍, 제주'라고 쓴 노트에 가져 갈 문장들을 적어나가기 시작했다. 책을 읽으면서 메모해놓은 것들 가운데에서 골랐다. 이는 삶의 방향과 방법들을 주로 책에서 찾는 습관에서 비롯된 것이다. 20개도 넘는 문장에서 6개로 추렸다. 여기에 김훈 작가의 문장과 시 2편과 인생명함에 적은 글귀도 엽서에 옮겨 적었다. 엽서 그림은 내용과 연결되는 것으로 골랐다.

이들 가운데 가장 중심이 되어야 문장은 인생명함에 새겨 넣은 것이었다.

나와 함께
나답게
나를 위해

적어도 후반 인생을 살아가고 있다면 이래야 하지 않을까? 물론 여러 여건들이 따라주지 않을 수 있지만 할 수 있는 만큼 하면 된다. 용기가 없거나 방법을 몰라서 그렇다면 마음을 들여다보면 된다. 그러면 어떤 것이 나다운 것인지, 나를 위한 것인지 알 수 있다. 마음이 시키는 것이나, 내게 행복을 주는 것이지 않겠는가.

가장 힘든 것은 '나와 함께'였다. 즉 혼자서 어디론가 떠나는 것에 용기도 없었고, 떠날 생각조차 못할 정도로 현실이 분주했다. 그러나 이제 다른 빛깔로 내 삶을 칠하고 싶었다. 그러기 위해서 이 세 문장이 필수였다.

"우리가 어떻게 혼자일 수 있는가는, 의존적으로 살지 않겠다는 선언으로부터 가능하다."

"혼자 있는 시간을 잘 쓰는 사람만이 혼자의 품격을 획득한다. 혼자의 권력을 갖게 된다."

이병률 산문집 《혼자가 혼자에게》에 나오는 문장이다. 이것이 혼자 떠나도록 많이 부추기도 했다. 자유로워지려면, 가족이나 사회에 묶인 삶에서 벗어나야 한다. 배우자뿐만 아니라 자녀한테서도 벗어나야 한다. 나도 아직 그러하지 못하고 있지만 이런 여행을 통해 한 걸음씩 나아가는 연습을 해야 한다. 가족에서 벗어나 밖으로 나가면서 나에게는 한층 더 가까워져야 한다.

그러나 제주까지 가서 자유인이 되겠다고 선언을 하고 온다 해도 칼로 무 자르듯 하루아침에 가능한 것은 아닐 것이다. 그래도 생각은 행위를 낳고, 그 행위는 원하는 방향으로 조금씩 이끌 것이다.

이즈음 '혼자'라는 말에 많이 이끌렸다. 내게 혼자 있는 시간이 없다거나 혼자 무언가를 잘 하지 못하는 것은 아니다. 무언가 배우고 싶은 것이 있으면 먼 거리도 혼자서 잘 찾아가고, 최백호 콘서트를 비롯한 콘서트장이나 영화관에도 혼자 간 적이 많다. 한참 사진을 배우고 있을 때는 제법 떨어진 곳까지 혼자 가서 사진을 찍기도 했다. 남편 만나러 가는 일본에서도 책방이나 미술관, 거리 등을 혼자서 잘 다닌다. 하지만 하고 싶은 것이 있는데도 혼자라서 하지 못한 것들이 있기 때문이었다.

예를 든다면 혼자 산에 가는 것이 그러했다. 인생명함에 '산요일'이라 해놓고 일주일에 한 번 이상 간다고 썼다. 동네 뒷산에 종종 가는 것도 큰 발전이지만 차를 끌고 다녀와야 할 만큼 거리가 있는 산에 다녀오는 것은 내게 적지 않은 도전이었다. 남편 덕에 산에 오르는 즐거움을 알게 됐는데 남편이 일본으로 떠난 뒤로는 발길을 뚝 끊었다. 남편이 왔을 때 어쩌다 간 것이 전부였다.

그런데 인생명함에 산요일을 만들어놓았더니, 어느 일요일에 그 산으로 가고 있었다. 대부분 가족들이나 연인들이 함께 왔는데 나처럼 혼자서 온 이들도 있었다.

혼자 오른 산에서 의외로 편안함과 뿌듯함을 얻었다. 누군가와 함께하는 일도 좋지만 혼자 하는 일이 그토록 그윽하고 아름다운 일이라는 것을 체험했다. 아무래도 누군가와 함께 있으면 마음이 쓰일 수밖에 없다. 남편과 나는 스타일이나 속도가 달라서 따로 걷다가 쉴 만한 곳에서 만난다. 그래서 목도 축이고 잠시 같이 있다가 다시 각자의 속도대로 걷기 때문에 많은 신경이 쓰이는 산행은 아니었다.

그런데도 달랐다. 오롯이 내게만 집중하면서 자연과 교감할 수 있었고, 고요함에 빠질 수 있었다. 그것이 바로 이병률 작가가 말하는 '혼자의 품격', '혼자의 권력'이라 여겨졌다.

혼자 떠나 혼자 자고 오는 숙박 여행이 가장 하기 힘든 일이었다. 그래서 제주로 그 첫발을 내딛기 위해선 큰 용기가 필요했고, 거창하게 '선언'이라는 말까지 해야 할 정도였다. 지금 생각해도 떠날 생각을 했다는 것이 기적처럼 여겨질 정도로 내게는 큰 벽이었다. 중년이기에 가능했을 것도 같다. 극과 극은 통하는 것처럼, 지금처럼 나이를 먹을 만큼 먹었거나 아주 젊었을 때에나 가능할 일이 아닐까? 그 맛을 일찍이 알았다면 이병률 시인이 말한 '혼자만의 권력'을 충분히 누렸으련만……. 하지만 지금부터라도 어딘가!

'혼자'서 떠나야 하는 이유가 또 있다면, '나'와 마주하기 위해서였다. 어린 시절은 세상을 배우느라, 10대엔 나 자신에 흔들리느라, 20대엔 사회에 적응하느라, 30~40대엔 육아와 가정에 뿌리내리느라, 조용히 나와 마주할 시간이 없었다. 아니 그것이 필요하다는 생각조차 하지 못했다. 40대 중반부터 내면을 향해 시선을 돌리기 시작했지만 여전히 나만의 시간은 주어지지 않았다. 이제야 조금 여유가 생겼다.

그런데 기다렸다는 듯이 갱년기를 맞을 줄이야. 오랜만에 건강검진을 하자 지나쳤으면 큰 병으로 이어졌을 증상들이 몸 이곳저곳에서 발견되었다. 체력도 예전 같지 않았다. 체력은 자신감과 상승 곡선을 긋는다. 그런 나에게 스스로 최면을 걸어야 했다. 그래서 엽서에 이런 문장도 썼다.

"나이듦을 쇠퇴가 아니라 지속적인 성장으로 여겨야 한다."

– 조 앤 젠킨스, 《나이듦, 그 편견을 넘어서기》, 청미출판사

100세 시대가 되었다고 해서 모든 사람들이 오래 산다는 보장은 없지만 수명이 늘어나고 있는 것만은 사실이다. 이 때문이 아니어도 나는 죽을 때까지 공부하고 배워야 한다는 생활철학을 가지고 있다. 그런데 씩씩하던 내게도 중년이 되어선 예전 같은 자신감이 마냥 붙어 있지 않았다.

얼마 전 한 방송국에서 여성을 대상으로 한 트로트 경연이 있었다. 서바이벌 방식이라서 경쟁이 치열한 만큼 회를 거듭할수록 참가자들의 실력은 놀라울 정도였다. 이들 가운데 순위 안에 든 이들과 이제 막 떠오르고 있는 젊은 트로트 가수들을 경쟁하게 하는 프로그램이 방영되고 있어서 흥미롭게 보았다.

분명 실력으로 본다면 경연 출신 쪽이 뛰어나 보이는데 결과는 예상 밖이었다. 젊은 트로트 가수들이 이기거나 비기는 경우가 많았다. 그것을 인정하지 않을 수 없었다. 젊은 트로트 가수들은 실력을 만회하기 위해 퍼포먼스나 춤을 가지고 나왔다. 그 참신함과 흥겨움이 전통을 넘어서고 있었다. 노래라는 것이 실력만 중요한 것이 아니라 관객과 얼마나 소통하고 그들의 마음을 얼마나 흔들어놓느냐에 있지 않겠는가. 경연 프로그램을 볼 때는 그들의 실력과 진정성에 마음을 홀딱 빼앗기고 푹 빠져서 보았었다. 참가자 대

부분이 오랜 경력을 가지고 있는 가수들이었기 때문이다. 그런데 확연한 비교 장면을 보면서 많은 생각을 하지 않을 수 없었다. 심사위원으로 나온 가수들도 전체적인 내용을 바탕으로 점수를 주었을 것이다.

변화가 없는 것은 감동을 줄 수 없다. 나이 들면 익숙한 것을 놓치지 않으려 하기 때문에 꼰대라는 소리를 듣기 십상이다. 변화가 없는 것은 나아가는 것이 아니기 때문에 쇠퇴라 할 수 있다. 그렇다면 어떻게 해야 할까?

> "현재의 삶과 삶을 연결하고 삶의 질을 높임으로써 미래에 계속해서 영향을 미칠 정신적 유산을 창조하는 것이다."
>
> – 조 앤 젠킨스, 《나이듦, 그 편견을 넘어서기》, 청미출판사

이 문장도 함께 가져갔으나 그 답을 금방 얻을 수는 없었다. 앞으로 고민해야 할 문제이다. 그러나 이 역시 조 앤 젠킨스가 한 말처럼, "길어진 중년의 큰 혜택 가운데 하나는 우리에게 행복을 추구할 더 많은 자유와 시간이 주어진다"는 것이다.

분명 나에게도 그동안 쌓아온 것이 있을 테고 자유와 시간도 늘어났다. 그러므로 자주 제주로 떠나 나와 마주하는 시간을 갖고 돌아보면서, 쌓아온 것에 새 것을 더해보는 방식을 시도해볼 것이다. 거기에 이 문장이 필요하겠다.

나 자신이라는 산봉우리와

나 자신이라는 풍경과

나 자신이라는 넓이에 대해

조금은 알고 내려갔으면……

- 이병률, 《혼자가 혼자에게》, 달

나에 대한 탐색이 필요한 부분이다. 내가 올라갈 수 있는 곳은 어디까지이고, 내가 가지고 있는 그릇의 크기는 어느 정도이며, 그 안에 존재하고 있는 것들은 무엇인지 알아야 무언가를 할 수 있다. 제주를 혼자 다니면서 끊임없이 나를 들여다보아야 할 것이기에 이 문장이 마음에 많아 와 닿았다.

"이곳에 살 동안 그 순간을 즐기고, 모든 일에 최선을 다 하고, 앞서 살다간 사람을 존경하고, 뒤에 오는 이를 위해 조금이라도 세상을 살기 좋게 만들 것이다."

- 댄 헐리, 《60초 소설가》, xbooks

이것이야말로 삶의 사명이자 소명이다. 마음속에 품고 있는 것이라서 이 문장이 밑줄 그어지고, 결국 제주까지 품고 갔다. 내가 행복하게 살아야 세상에 좋은 흔적을 남길 수 있다. 그리하여 먼저 나답게 살면서 행복과 즐거움을 느끼고, 그 기운을 세상에 펼치면 좋겠다. 그러하기 위해서는 앞서 살다간 훌륭한 이들에게서도 배우고, 젊은이들에게서도 배우고, 심지어는 아가에게서도 배워야 한다. 그리고 제주에서도 많이 배울 것이다.

그에 앞서 마음을 활짝 열어놓아야겠다.

제주여, 나의 구덩이여!

배낭에 넣어 간 단 한 권의 책, 《구덩이》는, 주인공 히로가 구덩이 파는 것으로 시작된다. 하늘과 땅의 경계에서 입을 꾹 다물고 있는 히로가 삽을 들고 있다. 일요일 아침에 아무 할 일이 없어서 구덩이를 파기로 했다는 말과는 달리, 히로 눈썹은 치켜 올라가 있고 왼쪽 손이 가슴에 얹혀 있다. 구덩이 파는 것이 히로에게는 지금 꼭 해야 할 사명처럼 보인다.

엄마가 와서 뭐 하느냐고 물으니 그저 "구덩이 파"라고만 하고 계속 구덩이를 판다. 여동생 유키도 와서 자기도 파고 싶다고 하지만 단호하게 안 된다면서 계속 판다. 옆집 사는 친구가 와서 뭐할 거냐고 하면 "글쎄"라면서 여전히 구덩이를 판다. 아빠가 와서는 "서두르지 마라. 서둘면 안 된다"라고 한다. 히로의 표정엔 아무 변화가 없다. 점점 땀이 많이 흐르고, 입술에 힘이 더 들어가 있을 뿐이다.

더 깊게, 더 많이 파야 한다는 히로 앞에 커다란 애벌레가 구

덩이 아래쪽에서 기어 나왔다가 흙 속으로 되돌아간다. 갑자기 히로 어깨에 힘이 쭉 빠지고 만다. 히로는 파는 것을 멈추고 구덩이 안에 쪼그려 앉는다. 그러는 사이 엄마가 와서 뭐 하느냐고 물으니 구덩이 안에 앉아 있다고 대답한다. 여동생이 와서 연못 만들자고 하지만 안 된다면서 구덩이 안에 그대로 앉아 있다. 옆집 슈지가 와서 함정으로 쓸 거냐고 물으니 "글쎄"라고만 말하고 계속 구덩이에 앉아 있다. 아빠는 꽤 멋진 구덩이가 되었다는 말만 하고 사라진다. 히로는 계속 구덩이 안에 있다.

　히로가 구덩이 안에서 위를 올려보았다. 하늘이 그 어느 때보다 파랗고 훨씬 높다. 그때 나비 한 마리가 팔랑팔랑 가로질러 날아갔다. 히로는 드디어 구덩이에서 올라왔다. 그러고 나서 구덩이를 들여다보고는, "구덩이는 깊고 어두웠다……." "이건 내 구덩이야" 하면서 천천히 메우기 시작한다.

내게도 구덩이가 필요했다. 그래서 히로가 삽을 들고 땅을 판 것처럼 비행기 표를 사서 우주선 닮은 이글루 숙소를 찾았다. 천장에 창문이 있어 하늘을 볼 수 있는 점이 히로의 구덩이를 연상케 했다. 히로가 구덩이에서 본 애벌레가 나비되어 하늘을 날고 있는 것을 본 것처럼, 나도 이글루 구덩이에서 새롭게 태어나 날아오를 나를 만나고 싶었다. 하늘로 난 창으로 밤하늘을 보면서 내 앞날을 그려보고 싶었다.

내가 혼자 제주에 간다고 하자 따라가고 싶어 하는 이들이 있었다. 방해하지 않고 조용히 옆에 있기만 할 테니 데려가달라고 했지만 단호히 안 된다고 했다. 같이 구덩이를 파고 싶다는 여동생의 말을 거절한 히로처럼 말이다.

혼자 간 구덩이 숙소에서 무엇을 했느냐고 물으면 나도 구체적으로 말하기 어렵다. 가져간 문장과 시를 읽었다 해도 그것이 구체화되어 바로 나타나는 것이 아니기에, 히로처럼 '글쎄' 라고밖에 말할 수 없다. 그러나 위로 향한 작은 문을 통해 본 하늘에서 벅찬 감정이 쏟아져 내렸다. 나 혼자 과감히 구덩이 파는 용기를 냈고, 그 안에서 내 앞날을 향한 걸음을 떼었으니 말이다. 그것이 꼭 화려하거나 대단한 것이 아니어도.

살아가면서 조용히 자신을 되돌아볼 시간과 장소가 필요하다. 어느 날 공허감에 휩싸이지 않는 방법이기도 하다. 전력 질주하던 사람이 멈추는 것도 쉽지 않지만, 어떤 이유로든 그리 되었을 경우, 그 사람은 쓰러지기 쉽다. 멈추는 법을 모르기 때문이다. 그 쓰러짐은 무력감이다. 달리는 것만이 최선이고 인정받는 것이 삶의 이유인 사람에게 아무것도 아닌 '멈춤'의 상태가 되면, 그 사람은 구덩이를 팔 힘조차 없을뿐더러 나락에 떨어지면 나오기도 쉽지 않다. 따라서 '히로의 구덩이'는 사색과 성찰의 구덩이다.

미국에서 존경받는 교육 지도자이자 사회운동가인 파커 J. 파머는 《모든 것의 가장자리에서》에서 "자기 삶에 좀처럼 의미가 없다고 느낀다면, 타인이 나를 아무리 너그럽게 품고 안심시켜줘도 별 소용이 없다"라면서 삶의 의미를 묻는 질문에 우리가 스스로 답해야 한다고 한다. 백 번 맞는 말이다. 우리에게 살아갈 힘과 자신에 대한 긍정성을 안겨주는 것은 결국 삶의 의미이기 때문이다. 우리 눈을 반짝이게 하고, 두 다리를 움직이게 하는 힘의 원천이다.

류시화의 〈길 위에서의 생각〉이란 시에 "모든 것들이 빈 들녘의 바람처럼/세월을 몰고 다만 멀어져 갔다"라는 문장이 있다. 일희일비했던 일들도 지나고 보면 삶 속에 찍힌 하나의 점에 지나지 않을 것이다. 그래서 지금 앞에 있는 것에 너무 집착하지 않겠다는 생각을 하게 한다. 그런 경지에 오르기 위해서는 지난날들을 되돌아볼 시간이 필요하다. 같은 시에 "나는 무엇을 위해서 살았으며, 또 무엇을 위해 살지 않았는가"라는 문장이 나온다. 무엇을 위해 살 것인가는 꾸준히 생각해온 일이지만 '무엇을 위해 살지 않았는가'에는 그다지 비중을 두지 않았다. 이것 역시 구덩이에서 많이 생각해볼 내용이다.

> 길을 그리기 위해서는
> 마음의 지평선을 먼저 생각해야 한다는 것
> (중략)
> 나는 한 걸음씩 걸어서 거기 도착하려 하네
>
> – 나희덕의 시, 〈글을 그리기 위해서는〉 가운데

급하지 않게 걸어가야지. 그러기 위해 먼저 마음속에 지평선 만들어놓고 한 걸음씩 걸어야지. 일상에서 만들지 못하면 구덩이에 가서 조금 그려놓고, 다음에 가서 또 그릴 것이다. 잘못 그리면 지우고 다시 그릴 테다.

다음날 아침 숙소를 떠나기 전 그림책 《구덩이》를 내가 묵은 이글루 숙소 앞에 놓고 사진을 찍었다. 앞으로 제주는 내 구덩이가 될 것이다. 따라서 그날 묵은 숙소만이 아니라 제주 전체가 내 구덩이가 될 것이다. 분주한 일상을 벗어나 나를 되돌아보고 성찰하는 시간을 갖기 위한 공간으로 말이다. 단 한 번의 멈춤으로 쓰러지지 않기 위해서 한 번씩 구덩이 속으로 들어가야 한다. 거기에서 나를 만나고, 걸어온 시간들을 돌아보고, 삶의 의미를 물으면서 거듭나기 위한 고독의 시간으로 채울 것이다.

제주여, 나의 구덩이여!

예약하고, 취소하고

혼자 하는 숙박여행을 겁내던 내가 제주에서 호기롭게 자고 왔더니 자신감이 붙었던가 보다. 두 달이 지났을 무렵, 그 힘을 믿고 슬슬 다시 떠날 계획을 세우고 있었다. SNS에 동백꽃들이 줄줄이 올라오는 것을 보자 엉덩이가 들썩였다. 올레길을 걸을 때 위미 동백 군락지 옆을 지나면서, 동백이 필 때 꼭 다시 오고 싶다고 생각했던 일도 떠올랐다.

그러나 동백은 덤이고, 가장 많은 시간을 보내고 싶은 곳은 서귀포였다. 그곳에 있는 5개 공원, 걸매, 칠십리, 자구리, 서복, 정모시 공원을 거닐다 오고 싶었다. 제주올레길 서명숙 이사의 《서귀포를 아시나요》를 읽고서 그런 생각이 들었다. 서복공원이나 칠십리공원은 올레길 걸으면서 지나친 곳이라 낯익은데 나머지 공원은 몰랐다. 지도로 보니 모두 걸어서 갈 수 있을 만큼의 거리에 있는 것으로 보였다. 첫날 이른 비행기로 가서, 그날 오후나 다음날 아침에 숙소를 나와 천천히 걸을 수 있다는 생각에 마음이 먼저 내달렸다.

예전에 여행에세이를 읽고 써놓은 글이 있다.

> 일정을 빽빽하게 정해놓지 않고 바람처럼 마음을 마구 풀어
> 놓고 거기에 나를 놓아보는 것. 그리고 그 안에서 만져지고
> 느껴지는 것을 그대로 받아들이는 것. 인생도 때론 그랬으면
> 좋겠다. 내 어깨에 있는 것들을 죄다 날려버리고 모래사장을
> 무한정 걸어보거나, 풀밭에 누워 오래오래 하늘을 올려다보
> 아도 누가 부르러 오지도 않고 급할 것도 없이, 그저 무감각
> 한 시간 속에 놓여보고 싶다.

서귀포의 다섯 공원에서는 이런 자유를 한껏 누릴 수 있을 것
같았다. 그 기대를 안고 항공권과 숙소, 렌터카를 예약했다. 하루
는 서귀포에서 그렇게 느긋하게 보내고, 하루는 애월에서 바다나
골목을 산책하며 보내기로 했다. 강의 일정이 비는 기간인 2월 초
였다. 준비도 제법 꼼꼼하게 했다. 책을 참고하고, 지도를 체크하
고, 여행 후기들을 보면서 말이다.

그런데 며칠 지나지 않아 중국 우한에서 코로나19 바이러스 감
염 사태가 일어났다. 한국에는 감염자가 나오기 전이었지만 우한
의 확산 속도가 점점 공포로 다가왔다. 제주는 중국인 여행자들이
많은 곳으로 유명하다. 고민 끝에 모든 일정을 취소했다. 하나하나

예약한 것을 그 반대 순서로 하나하나 취소했다.

곧이어 우리나라에도 감염자가 나오기 시작하고 대구에 집단 감염이 일면서 전국으로 번져나갔다. 제주뿐만 아니라 도시 대부분의 영업점들은 문을 닫고, 손님들 발길은 끊어지기 시작했다.

엄청난 감염력으로 공포를 주던 3월 22일부터 사회적 거리두기가 시작됐다. 나는 우리나라에 확진자가 나오기 시작한 1월 하순부터 집콕 생활을 하고 있었다. 바이러스는 중국에서 주변 국가로 퍼져나가더니 유럽과 미국에도 엄청난 사망자가 나오기 시작했다. 다행히 우리나라는 해외유입 확진자도 한 자리 숫자로 줄어들었고, 지역 확진자가 며칠째 나오지 않고 있었다.

5월의 황금연휴가 시작되는 4월 29일에는 제주 방문객이 3만 6,587명(잠정 집계)이나 된다고 했다. 해외로 갈 수 있는 길이 막혔으니 많은 인파가 제주로 몰린 것이다. 그러나 나는 차마 용기가 나지 않았다.

2년 전 이때 남편과 함께 제주에 갔다. 서귀포에 있는 올레길을 걷고, 내가 가려고 한 공원과 가까운 곳에서도 하룻밤 묵었다. 이번엔 지난날 추억하는 것으로 만족하고, 코로나19가 완전히 사라진 다음에 떠나는 것이 낫겠다는 결론을 내렸다.

2년 전 제주행은 결혼 25주년 기념 여행이었다. 은혼식이므로 뭔가 의미 있는 일을 하고 싶었다. 해외여행이 흔한 세상이므로 이

태리나 쿠바 등으로 여행을 가고 싶었지만 생각을 거듭하여 내린 것이 제주여행이었다.

거기에는 몇 가지 이유가 있었다. 남편이 유럽에 갈 만큼 시간이 여유롭지 못했다. 그렇다면 동남아나 중국 쪽이라도 갈 수 있었을 것이다. 하지만 시누이가 시어머니 모시느라 고생하시는데, 우리 기분 낸다고 가기가 미안했다. 몰래 다녀올 수도 있겠지만 마음이 허락하지 않았다. '제주'라면 짧게 다녀올 수 있는 거리이고, 국내이니 조금은 덜 미안하단 생각이 들었다.

서명숙 올레대표이사가 쓴 《제주올레여행》을 오래전에 읽고 꿈꾸었던 올레길을 걷고 싶었다. 은혼식을 핑계로 다녀오면 조금은 덜 미안할 것 같았다. 지금은 멀리 떠난 큰언니에게도 몹시 미안했다. 당시 투병 중에 있었는데 언니가 아프기 전에 예약해놓은 것이었다. 이래저래 가벼이 떠난 여행이 아니었다. '제주' 하면 '오름', '오름' 하면 김영갑이 떠오른다. 언젠가 나도 한 달 정도 머물면서 오름 사진을 찍고 싶다는 바람도 품었지만, 뭐니 뭐니 해도 제주는 '올레길' 아니던가. 이 기회에 걸어보고, 나중에 혼자서도 걸을 수 있을지 살펴볼 요량도 있었다.

오래전 《제주올레여행》 면지에 메모해놓은 걸 다시 보았다.

2009년 7월 14일. 이 책의 속살에 처음 손을 댄다. 제주올레는 내가 꼭 걷고 싶은 곳이다. 나의 간절한 꿈이 꼭 이루어지길 빌면서 이 책과의 데이트를 시작한다. 일주일 정도 시간을 내서 침잠의 시간을 갖고 싶다. 나 자신에게 푹 빠져보고 싶다. 그래서 알에서 깨어 나오고 싶다. 새로워진 삶 앞에 힘찬 걸음으로 나를 세우고 싶다.

그 간절한 희망이 9년 만에 이루어지고 있었다. 열흘이나 일주일이 아닌 3박 4일 일정이었지만, 올레길에 발길을 닿게 한다는 것만으로도 은혼식 기념으로 충분하다 여겼다.

자몽이 뭐라고

"뭔가를 쓰려고 할 때는 가능한 한 제 자신을 텅 비우려고 합니다. 텅 비우면 말이 들어옵니다."

– 다니카와 슌타로, 《시를 쓴다는 것》

올레길 걸으면 머릿속과 마음이 비워지게 될까? 걷는 자체를 좋아하지만 한편으론 이런 기대가 있었다. 하지만 결론은 '전혀 아니올시다'였다. 아니 오히려 더 복잡해져서 왔다는 말씀이다. 복잡 정도가 아니라 엉클어지고 구겨지고 엉망진창이었다.

그 전날만 해도 나는 꽉 찬 50리터짜리 배낭을 지고 한라산 등정을 완벽하게 마친 남편에게 '영웅'이라 말했다. 진심이었다. 거기에서 그치지 않고 나는 남편과 여행 다니는 게 가장 편해서 좋다고도 했다. 그런데 하루 지난 남편은 딴 행성에서 온 사람 같았다. 남편도 나를 그렇게 생각했을지 모르겠다.

이번 여행은 은혼식 기념으로 떠난 것이지만 마침 이날은 내

생일이었다. 이 뜻깊은 날에 우리 부부는 가장 아름답다는 올레길 7코스를 걷기로 했다. 이 코스에서도 가장 인기 있다는, 외돌개가 보이는 해안에 앉아 내 생애 가장 멋진 생일을 즐길 것이란 상상에 마음이 마냥 부풀어 오르고 있었다. 남편이 호텔 앞 식당에서 성게 미역국을 사줬을 때만 해도, 아니 7코스 시작점에 있는 여행자 센터에 도착했을 때만 해도 아무 일이 없었다.

평소 남편이 어떤 사람인가. 마주 앉아 밥을 먹다 보면 어느 사이 생선 가시를 발라 내 밥그릇 위에 놓아주고, 고기도 언제나 자기가 구워서 내 앞에 먼저 가져다놓고, 짐은 물론 내 작은 가방까지도 다 들어주고, 내가 어디 가고 싶다하면 아무리 먼 곳이라도 기꺼이 운전해주고, 내가 하고 싶은 것이 있으면 물심양면으로 밀어주는 사람이다. 그런데 왜, 왜, 하필 그토록 소중한 날에 내 기대를 산산조각 냈을까. 평소 말수가 적지만 한마디를 해도 기분 좋게 말하는 사람이 말이다.

한라산 등반한 다음날엔 올레길을 절대 못 걸을 것이니 푹 쉬라는 지인들의 말과 달리 내 몸은 하늘이라도 날 듯 가벼웠다. 날도 맑았고, 한라산을 등정했다는 기쁨에 7코스에 대한 기대는 더욱 컸다.

7코스 시작점에 있는 여행자 센터에 잠깐 들어가 둘러보니 1층

에 식당이 있었다. 메뉴가 한식이어서 먹고 가도 되겠다 싶었다. 시간도 12시가 넘어 있었고, 어쩌면 올레길에는 식당이 없을 수도 있다. 대부해솔길 걸으면서 얻은 경험이다. 남편에게 먹고 가자고 했더니 단번에 고개를 흔들며 걷다가 먹자는 것이었다. 마지막에 한 "배고파?"라는 말 속엔 벌써 배고프냐는 뉘앙스가 강하게 느껴졌다. 기분이 좀 상한 나는 그냥 올레길 표식을 따라 걷기 시작했다.

그런데 얼마 안 가 칠십리공원에 들어섰는데 남편이 건너편에 있는 냉면집에서 먹고 가자고 했다. 냉면은 남편이 좋아하는 음식 가운데 하나다. 조금은 어이없었지만 남편도 마음이 변했나 보다 하면서 들어갔다. 냉면을 맛있게 먹고 화장실을 들러 나왔는데, 남편이 물기 묻은 자몽을 손에 쥐고, "주인아주머니께서 떨어진 것 씻어주셨어!" 했다. 내가, "후식으로 먹으면 되겠네!" 했는데, "이거 다 먹을 수 있어?"라며 그냥 배낭에 집어넣었다. 후식은 밥 먹고 바로 먹어야 하는 것이 아닌가? 냉면 한 그릇 먹고 자몽을 나눠서 못 먹을 것은 무엇이며, 밥 배와 후식 배는 엄연히 다르지 않은가 말이다. 나는 남편이 바로 전부터 자기 마음대로 행동하는 것에 기분이 상해 있었지만 남편은 눈치를 못 챈 듯했다.

바로 들어선 칠십리공원에는 꽃들이 피어 있었다. 하지만 아름다운 꽃이 서 있으면 뭘 하나! 마음은 상할 대로 상해 있는데…….앞서 공원으로 들어 간 나는 바로 입을 닫아버렸다. 여행자 센터에서 밥을 안 먹었다거나, 자몽을 못 먹었다는 것 때문이 아니었다. 내

의사를 배려해주지 않은 것 때문이었다. 대화를 할 때 우리는 말의 내용보다 말투나 행동에 많은 영향을 받는다는 것을 살면서 숱하게 경험했다. 어찌 보면 이 일이 사소한 것이라 할 수도 있겠으나 나는 내 마음을 인정해주지 않았던 남편 행동과 말투 때문에 마음이 상했던 것이다.

자몽이 뭐라고, 외돌개 있는 곳에서 꺼내 먹어봤는데 맛이 하나도 없어서 그냥 버렸다. 얼마나 허무했는지 모른다. 하지만 자몽이 본질적인 문제는 아니지 않는가.

칠십리공원에서 본 정방폭포나 외돌개가 있는 바다 풍경은 숨막히도록 아름다웠는데 그 감동을 속으로만 즐겨야 했으니, 슬프디슬픈 그 일은 금방 끝난 것이 아니라 7코스를 완주할 때까지 계속되었다.

그래도 25년을 함께했으니 몸짓 하나로도 서로의 마음을 헤아릴 수는 있었다. 따라서 미술관이 나오면 같이 들어가 감상하고, 정자가 나오면 그 안에 같이 들어 앉아 땀도 식히고, 군것질거리도 같이 나눠 먹고, 상대 일이 끝날 때까지 기다렸다가 같이 걸었다. 다만 말을 하지 않았을 뿐이다. 하지만 이는 얼마나 속상하고 어이없는 일인가.

나는 불편하게 다니는 것이 싫어서 정자에서 쉴 때 남편에게 내 마음을 알려주기로 했다.

"나는 아침에 입맛이 없어도 자기가 많이 배고파 하니까 같이 가서 밥 먹는 거야. 그런데 아까 내가 여행자 센터에서 밥 먹자고 하니까 싫다 하고, 자몽도 먹으려고 했는데 다 먹을 수 있냐면서 그냥 집어넣었잖아. 나를 배려해주지 않고 자기 마음대로 해서 화가 났어."

나는 하고 싶은 말을 했기 때문에 속이 풀어지고 있었다. 그런데 앞서 걷다가 내리막길에서 뒤돌아보니 남편이 안 보였다. 잠시 기다리자 절뚝거리며 힘들게 내려오고 있었다. 한라산에서 무리해 경사진 길 내려오려니 더욱 아팠을 것이다. 그 모습이 얼마나 짠하던지 말을 붙인다는 게, "담배 피고 왔지?" 했는데 대답이 없었다. 재차 묻자 무뚝뚝하게 "무슨 담배를 펴? 무릎이 아파서 그런 건데" 했다. 얼굴은 잔뜩 굳어 있었다. '왜 자기가 화를 내지? 살살 내 마음을 달래줘도 시원찮은데 이 무슨 주객전도란 말인가.'

이어 사람들이 말한 가장 아름다운 구간이 시작되고 있었다. 그러나 한번 시작하면 쉬 풀리지 않는 남편의 화도 같이 시작되었다. 이 무슨 신의 조화란 말인가! 평생 잊지 못할 추억이라도 만들어주려고 그러는가?

먼저 내려가 황우지해변의 선녀탕을 구경하고 올라가는데 그제서 절뚝거리며 오는 남편이 보였다. 그러나 그냥 위에서만 보고 가는 것이었다. 그러고는 쉬는 공간에 그대로 앉아 있었다.

바위로 내려가 시원한 바람 쐬며 아름다운 경치를 혼자서 감상

하려니 속이 상해 죽겠는데, 바로 앞에서 사이 좋아 보이는 외국인 부부가 다정하게 사진을 찍었다. 평소라면 탄성 지르며 감상했을 외돌개 부근에서 내 생애 가장 멋진 생일 추억을 쌓을 거라 상상했는데, 이 나이에 너무 큰 낭만을 꿈꾸었던가 보다.

그렇게도 벼르고 별러서 온 올레길인데 감정소모하며 걸어야 하다니 속이 말이 아니었다. 평소 사이가 나쁜 부부라면 몰라도 남들이 부러워하는 부부 사이에다가 자상하다고 소문난 사람이니 몇 배는 더 잘해줘도 모자란 날이다. 그렇다고 훌쩍 집으로 갈 수 있는 거리도 아니고 말이다.

남편을 원망하다가도 한편으론 자책도 되었다. 여행자 센터에서 남편 말투가 기분 안 좋게 느껴졌어도 그냥 "응, 나 배고파!"라고 했다든가, 자몽도 "어, 나 지금 먹고 싶어"라고 웃으면서 넘겼더라면 어땠을까라는 생각이 들었다. 그러면서 평소 나는 남편에게 그러한 말투와 행동을 하지 않았나 하고 되돌아보기도 했다. 그래서 마음을 열고 싶었지만 굳은 남편의 얼굴을 보면 그 마음이 싹 달아나버렸다.

내가 바닷가 우체국이라는 정자에 올라가서 사진을 찍는 동안 남편은 기다리고 있었다. 그동안 좋은 감정을 많이 쌓아왔으니 잠시 잠깐 그렇더라도 그것이 큰 문제가 되지는 않을 것이라는 것을 우리는 안다. 그렇지만 신혼도 아닌 중년들이 우습잖은가. 그런 일로 뚱해가지고 말이다.

7코스, 징그럽게 길었다. 한참을 걸어 그 유명한 강정마을에 들어섰다. 그런데 빗방울이 떨어지기 시작하고 바람도 세게 불었다. 내가 조금만 가벼웠더라면 아마 날아가버렸을 것이다. 마을 안으로 이어지는 골목은 황량한 느낌마저 들 정도였고, 사람도 볼 수 없었다. 우산도 없고, 날은 어두워지려고 하는데 택시는 아예 보이지도 않았다. 버스 정류장에서도 많이 떨어진 곳이어서 혼자라면 거기까지 갈 수 없었을 것 같았다. 신경전을 벌이고 있었지만 남편과 함께여서 무서움은 덜했다.

정신없이 속도 높여 걸어서 포구를 지났다. 도대체 끝은 어디인지 알 수 없었다. 숲길로 이어지고 있는데 그곳 역시 사람이 보이지 않았다. 우리처럼 끝까지 걷는 사람이 없는 것인지, 아니면 너무 늦은 시간이라 그런지 외돌개를 지나고 나서는 올레꾼들이 사라졌다. 중간 지점인 쉼터까지는 볼 수 있었는데 어디론가 다 사라졌다. 대부분은 외돌개가 있는 일부 구간만 걷는 것 같았다. 그래도 우리는 계속 걸었다. 그 점은 남편에게 고마웠다. 이왕이면 완주하고 싶었기 때문이다.

도통 나타날 것 같지 않은 7코스의 종착점에 드디어 닿았다. 7시 반경이었다. 다행이었다. 감정 소모하며 다녔지만 완주했다는 것에서 위로를 받았다. 남편도 조금 풀어져서 감격의 포옹을 나눴다. 그러나 내 흥분에 억지로 했는지 완전히 풀리지는 않은 것 같았다.

파도 소리, 바람 소리와 함께 걸은 7코스, 경치가 아름다웠지만 제대로 즐기지 못한 점이 아쉽기 그지없었다.

컨테이너 박스 안에 있는 슈퍼에 들어가 안을 둘러보고 과자 하나를 산 뒤 택시를 물어봤더니 번호를 알려줬다. 전화하자 5분도 안 되어 달려왔다. 시작점에 있는 호텔까지 40분 정도에 갔다. 우리가 6시간 30분 정도 걸은 거리였다. 택시 안에서도 남편과 나는 꼭 필요한 말 말고는 아무 말도 하지 않았다. 서로 택시 운전사하고만 이야기했다.

남편이라고 아무렇지 않았겠는가? 저녁 식사 때 왜 화가 났는지 물어봤더니 내가 지난 일을 다시 꺼내서 기분 나빴다고 했다. 나는 내가 왜 기분 나빴는지 이유를 말해줘야 다음에 같은 일로 싸우지 않는다고 했다. 이 패턴은 결혼해서 지금까지 변함이 없다. 결국 저녁 식사 자리에서도 감정이 상한 나는 먼저 호텔로 돌아오고야 말았다.

이날 아침 먹은 뒤 호텔에 있는 카페에서 멋진 그림이 그려져 있는 카페라테를 맛나게 마셨는데 최악의 생일을 맞을 줄은 꿈에도 몰랐다. 그것도 가장 아름다운 올레길 7코스에서 세상 자상하고, 배려심 많은 남편하고 말이다. 그런 상태에서 필요한 말은 하고 다녔으니 은혼식 맞은 부부가 맞다.

어쨌든 나도 남편 입장에서도 생각해보고 또 다시 그런 상황이 생겼을 때 어떻게 해야 지혜로운지도 생각해보았다. 그동안은 내가 남편한테 많은 것을 받았으니, 이제는 내가 반대로 남편을 챙겨줘야 할 때가 된 것도 같았다. 남편도 어쩌면 갱년기를 지나고 있어서 감정이 잘 컨트롤 되지 않았을 수도 있다. 그래서 과연 다음 날은 반전이 있었을까?

묵언수행하며 걸었다

TV 소리만이 호텔 방안을 가득 채우고 있었다. 먼저 씻은 남편이 밖으로 나갔다. '어제 내가 아침 식사 이야기를 해서 혼자 먹으러 나간 건가? 그랬다가는 가만히 있나 봐라!' 하고 있었는데 얼마 안 있어 남편이 들어왔다. 남편이 "아침 먹으러 가야지?" 했다. '그럼, 그리 속 좁은 사람은 아니지.'

여행 가면 남편이 미리 나가 아침 식사 할 식당을 물색하고 들어오는데 이때도 그랬던 것이다. 남편을 따라 호텔 뒤에 있는 식당으로 가서 아침을 먹었다. 역시 침묵 속에서였다.

호텔로 들어와 각자 배낭을 메고 체크아웃을 했다. 그래도 호텔에서 짐은 맡아준다고 하는데 남편은 그냥 지고 가겠단다. 호텔을 나와 문 앞에 선 우리는 동시에 정지화면인 듯 서 있었다. 어제 저녁 식당에서 내가 먼저 들어온 후 행선지에 대해 말하지 않았기 때문이다.

상상해보시라, 둘이 배낭을 멘 채 호텔 앞에서 어쩌지 못해 어정쩡하게 서 있는 모습이라니. 그러지 말았어야 하는데 그 상황이 너무 우스워 나도 모르게 '픽' 하고 웃음이 터져 나오고 말았다. 완패수다. 매번 이게 문제다. 그렇다고 냉전이 풀린 것은 아니었다. 그냥 짧게 내가 어디로 갈 것인지 물었고, 남편은 내가 가고 싶은 곳으로 가라고 했다. 일단 택시를 잡았다.

택시 기사에게 쇠소깍으로 가자고 했다. 오후에 공항에 가야 하고, 남편이 짐을 메고 있으니 아무래도 가볍게 놀다 가야 할 것 같았다. 그리고 3일 동안 계속 걸었으니 이날은 여유롭게 보내는 것이 나을 것 같았다. 재작년에도 그곳에 갔는데 비가 와서 카약을 타지 못했다. 카약 타고 아름다운 경치를 감상하자 생각했다.

매표소에 내려줘서 가보니 아쉽게도 문이 닫혀 있었다. 나중에 카페에 들렀다가 주인에게 들었는데 업체들 간의 불화로 운행 중지 상태라고 했다.

결국 또 걸을 운명이었던가 보다. 6코스와 5코스 가운데 어디로 갈 것인가 하다가 5코스가 가장 아름다운 해변길이라고 해서 5코스로 결정했다.

거기엔 평화 올레라 씌어 있었다. 평화 올레라, 평소 평화 부부인 우리가 왜 하필이면 평화 올레길에 와서 감정싸움에 휘말리고 있는지 답답하기 그지없었다.

아기자기한 멋이 있는 5코스는 해변길도 아름다웠지만 오솔길은 또 얼마나 아름다웠는지 모른다. 호젓함 속에서 앞서거니 뒤서

거니 하며 걷는데, 경치가 아름다울수록 속상함은 커져만 갔다. 그리 벼르고 온 길이고, 그토록 아름다운 길을 우리 스스로가 망치고 있었으니 얼마나 바보들인가.

한참 걷고 있는데 내 팔에 벌레가 있었다. 깜짝 놀라 외마디 비명을 지르니 남편이 얼른 와서 떼어주었다. 그러고는 또 고요히 걸

었다. 뭐, 이때쯤이면 침묵도 익숙해져가고 있었다.

이날도 정자가 나오면 같이 쉬었다. 한 사람이 쉬면 나머지 한 사람도 따라 쉬고, 하나가 걷기 시작하면 또 하나도 따라 걸었다.

침묵 + 침묵 + 침묵 …… 침묵 + 침묵 + 침묵……!

침묵만이 살 길인 것처럼 우리 부부는 최선을 다해 묵언수행하였다. 산티아고는 순례길, 제주 올레는 묵언수행길(?)

점점 말없이 걷는 것에 익숙해져 갔다. 나는 적응이 빠른 사람이라 내 안의 고요 속으로 찾아들었다. 남편이라고 별 수 있었겠나, 내 마음이 남편 마음이겠지 싶었다.

그러고 보니 올해 내가 품고 싶은 단어도 '고요'였다. 오래도록 꿈꾸었던 올레길을 걷는 것이니, 마치 혼자인 듯 고요 속에 걷는 것도 나쁘지 않다고 스스로 위로했다. 진심이 아닐지라도 어쩔 수 없었다. 따라서 5코스도 7코스에 이어 고요 속에서 걸을 것으로 전망되었다. 차라리 헛된 희망을 품지 않아 다행이라면 다행이었다. 날마다 걸었지만 이상하리만치 나는 피곤을 느끼지 않았으므로 주로 앞서서 걸었다. 사진을 찍을 때만 좀 쳐져 있을 뿐이었다.

그러던 중 천연 과일주스를 판매한다는 카페를 발견하고 한 잔 마시자 했더니 남편도 말없이 따라 들어왔다. 카페에서 마주 보이는 풍경은 넋을 빼놓을 만큼 황홀했다. 남편과 나는 택시 기사에게 했듯 이곳에서도 각자 주인하고 이야기했다. 나란히 앉아 공천

포 바다를 바라보며
주스를 마시면서 말
이다. 주인도 눈치챘
을 것이다. 이것이 부
부인가? 아니, '가족'
이다.

위미 동백나무 마
을에 들어섰다. 키가 훤칠한 동백나무들이 군락을 이루고 있었다.
꽃이 필 때면 동백이 온통 붉은 피를 토해낼 것 같이 상상되었다.
그 모습을 보고 싶었다. 그래서 올 2월 초로 예약했던 것이다.

이 마을에서 우린 점심을 먹고 또 서둘러 걸었다. 비행기 시간
이 5시였으므로 4시까지는 가야 했기 때문이다. 그래서 1시간 정
도만 걸으면 5코스도 완주인데, 비가 내리기 시작한데다가 3시경
이어서 택시를 잡아타고 공항으로 향했다. 묵언수행은 올레길을
벗어난 집에서도, 이튿날 어머니 뵈러 가는 차 안에서도, 돌아오는
길에서도 이어졌다. 영원히 이어질 것처럼!

결국 묵언수행은 남편이 일본에 돌아가서야 끝이 났다. 떠날
때도 무뚝뚝한 표정으로 집을 나섰기에 마음이 많이 안 좋았다. 하
지만 오래 산 부부답게 남편은 늘 그랬던 것처럼 다음날 아침 전화

했다. 아마 그렇게 며칠은 의례적으로 서로 안부를 확인하는 정도였다가 서서히 평소처럼 돌아왔던 것 같다.

이제는 코로나19로 서로 오가지 못하는 상황이 되고 보니 한치 앞도 모르는 게 우리 삶이라는 것을 더욱 절실히 느끼고 있다. 앞으로는 제발 새내기 부부들이나 싸울 일로 그러지 않았으면 좋겠다. 설마 우리가 떨어져 살면서 신혼부부 같은 감정으로 되돌아간 것은 아니겠지?

그러나 싸워도 좋으니 만날 수나 있다면 좋겠다. 코로나19가 쉬이 종식되지 않는다고 하니, 언제쯤이면 우리 부부가 만날 수 있을지 속절없는 시간만 흘러간다.

그리고 내년에는 동백을 보러 갈 수 있을까? 남편과 같이 갈 수 있으면 더 좋겠다. 남편과 나는 함께 살면서 서로를 점점 닮아 마치 데칼코마니 같은 부부가 되었다. 그때도 한 사람만 달랐어도 말안 하고 다니지는 않았을 것이다. 둘이 똑 같아서 그런 것이다. 그래서 둘이어도 혼자 같은 여행이지 싶다. 아니 남편이 내 거울처럼 보일 것이니 아주 가끔은 내 구덩이에 초대하고 싶다.

그나저나 이렇게 가다가는 어렵게 시도한 내 제주행 의지가 사그라지지나 않을까 걱정이다. 그러잖아도 한 꺼풀 꺾인 느낌인데 일상을 되찾게 되는 날, 그 호기롭던 불빛도 다시 타올라 훌쩍 제주로, 아니 내 구덩이로 잘 떠날 수 있기를 기대한다.

chapter 2

숲에서 나를 만나다

40분 산책의 힘

지금까지 살아온 시간을 통틀어 이토록 여유로운 시간을 가진 적이 없다. 공부도, 일도 하지 않은 아이였을 때조차도 친구들과 노느라 바빴을 테니 말이다. 자고 싶을 때 자고, 일어나고 싶을 때 일어난다. 치악산 깊은 산골에서 생활하던 한 시인이 그러한 삶을 산다고 해서 몹시 부러워한 때가 있었다. 그런데 요즘 내가 딱 그런 생활을 하고 있다.

아침에 일어나 미세 먼지 농도를 확인하고 괜찮으면, 늦은 아침 겸 이른 점심을 먹은 뒤 집을 나선다. 그리고 가장 따스한 햇살을 머리에 이고 뒷산에 오른다. 숲에 있는 시간은 중요한 무언가를 할 수 있는 황금 시간대이다. 따라서 예전이라면 생각도 못할 일이다.

몇 년 전부터 새해가 되면 운동하겠다는 다짐을 했다. 그래봤자 집 주변 개천이나 산 둘레길을 걷는 것이다. 그리 어려운 일이 아닌데도 어느 순간이 되면 그것은 살짝 꼬리를 감추었다. 활동하기 좋은 봄날에 몇 번 나갔다 오면 뒤이어 장마가 오고 더위가 왔다. 그러면 그 핑계로 멈추었다가 선선해지는 가을에 다시 걸어본다. 하지만 금세 날씨가 추워져서 다시 멈춘다. 이런 일이 반복됐다. 이러니저러니 해도 가장 큰 원인은 시간적 여유를 못 가진 탓이리라. 나는 뭐가 그리 바빴을까.

집에서 5분이면 닿는 동네 뒷산은 한 바퀴 도는 데 40여 분이 걸리고, 10분 정도면 정상에 오른다. 산책하기에 더없이 좋다. 습관이 되려면 21일이 걸린다고 하니 그 기간까지 끌고 가는 것이 중요하겠다. 하지만 첫발 떼는 것만큼은 아니다. 운동을 안 하고 사는 내게는 산까지 가는 그 첫걸음이 가장 어려웠다.

그런 내가 날마다 산을 오르고 있다. 코로나가 아니었으면 허접한 내 운동 스타일은 지금도 진행형에 머물고 말았을 것이다. 그런데 집콕 생활로 시간이 주어지자 새 운동 스타일이 자리를 잡아가기 시작했다.

나는 사람들이 많이 도는 가장 아래의 둘레길이 아닌 산속으로 들어가서 오솔길을 걷는다. 호기심에 들어갔다가 마음을 빼앗겨 계속 그곳을 걷는다. 걷다 보면 사람들을 몇 명 만나지만 대체로 고요하다. 숲속에 있으면 방금까지도 내 곁에 있었던 어지러운 생각들이 싹 사라진다. 오로지 자연과 나만 존재한다. 난 이것을 숲이 부리는 마법이라 말한다. 사람들이 힘들 때 자연에 귀의하는 이유를 알 것 같다.

나무 사이로 비집고 들어온 햇살을 따라 총총 걷노라면, 마음이 평온해지고 저절로 미소가 지어진다. 경사진 곳을 오를 때는 발바닥에 자극이 오면서 근육이 이완되고 지압 받는 느낌이다. 그러면 마음까지 쫙 펴지면서 기분 좋은 상태가 된다. 몸의 자극으로 얻는 즐거움도 다른 것들과 견줄 만큼 크다는 것을 숲을 다니면서 알았다. 심장까지 부풀어져 오는 걸 보면 알 수 있다.

즐거움을 더해주는 것이 있으니 자연의 변화이다. 날이 따스해지면서 침묵 속에 갇혀 있던 작은 나뭇가지에서 새순이 삐죽 나오면 그냥 지나칠 수 없다. 허리를 구부려 눈을 맞추다 보면 생명의 경외감에 젖는다. 그럴 때엔 그림책의 한 장면이 떠오르기도 한다.

"삶에서 아름다운 것이 모두 사라진 것 같을 때에도 잊지 마세요. 들에 사는 토끼와 산책길에 마주치는 사슴이 있다는 걸요."

– 신시아 라일런트 글, 브렌덴 웬젤 그림, 《삶》, 북극곰

거기에 이 말을 덧붙이고 싶어진다.

"잊지 마세요, 새순을 내는 여린 나무들이 있다는 것도요."

여린 나무들조차도 열심히 새순을 내고 있다. 그들을 보고 있

으면 심장이 뛰고 새 기운이 돈다. 바라보는 것만으로는 성이 안 차 자꾸만 사진을 찍는다.

그러다 보면 40분을 훌쩍 넘긴다. 한 바퀴 돌고나면 상수리나무 아래에 앉아 잠시 쉬어간다. 햇볕이 가득 내리고 있는 곳이다.

이 소박한 즐거움을 그동안 누리지 못했다니 참 바보였다. 건강을 위해 다니기 시작한 오솔길이 이제는 중독처럼 되었다. 40분 중독길이다. 산책을 하며 이런 생각을 했다.

'내가 만약 지금 코로나에 걸려 죽는다면, 그동안 해온 일들에 무슨 의미가 있나? 나를 독촉하며 달려온 시간들에 어떤 가치를 부여할 수 있나!'

산을 돌고 나면 마음도 느긋해지고 삶의 우선순위가 그려진다. 무언가를 하지 않아도 사는 데 별 지장 없이 평온한 시간을 보내는 것을 보면서 내가 나를 너무 재촉하며 살았다는 것을 알게 된다.

산을 다녀오고, 강아지 산책을 시키고 나면 오후 시간이 다 가 버린다. 그러나 이제는 예전처럼 조급해하지 않는다. 오늘 못 하면 내일 하면 되고, 내일 못 하면 모레 해도 되는 일들이기 때문이다. 해야 할 일을 일주일, 열흘이 지나서야 겨우 하는 경우도 많지만 내 삶에 아무런 영향을 주지 않았다. 그것이 내게 맞는 속도라는 것을 알려줄 뿐이다. 그런데도 그걸 거스르고 짧은 시간 안에 많은 일을 해낸다고 너무 애를 썼다.

몸과 마음을 돌보지 않고 달려온 날들이 이제야 보인다. 아니면 나는 이제 과거의 내가 아니어서, 많은 양을 빠르게 처리할 능력을 잃어버렸을 수도 있다. 그래서 이제는 정말로 속도를 조절해야 한다. 내게 맞는 속도를 찾아 자연과 느긋함으로 속을 채우고 일상을 덜어내야 한다. 40분 산책이 도움을 줄 것이다.

나의 새 뿌리들

몸통은 언제 잘렸을까.

생명이라곤 전혀 남아 있을 것 같지 않은 소나무 그루터기에 오물조물 푸른 옷을 입고 올라오는 아기 소나무들을 보았다. 신기해서 한참 쳐다보았다. 어떻게 살아날 수 있었을까? 뿌리가 있어 죽지 않고 새 싹이 올라왔을 것이다. 나무들의 생명력은 강해서 어떤 것들은 가지를 꺾어 심어도 뿌리를 내리지 않던가. 반대로 몸통이 싹둑 잘려도 뿌리가 온전하다면 다시 싹이 나올 수 있다는 것을 보여주는 것이리라.

그 뒤로는 다른 그루터기를 만나도 다시 한 번 쳐다보았다. 모든 그루터기에 싹이 나온 것은 아니었다. 그냥 썩어가는 것들도 있었다. 어쩌면 아기 소나무가 나오고 있는 것들은 끝까지 희망을 버리지 않은 나무들에게서만 나오는 것일지도 모른다.

이들을 보니 두 사람이 떠올랐다. 신영복 선생과 장영희 선생이다. 이미 고인이 된 분들이지만 그들의 이야기는 내 가슴에 살아 있어 생각만으로도 뭉클하다.

정치적인 이유로 20년 넘게 감옥에 갇힌 신영복 선생은, 기약 없는 무기 징역에 수시로 고민했다고 한다. 그러함에도 자살하지 않은 이유가 '햇볕' 때문이었노라 한다. 겨울 독방에서 만날 수 있는 햇볕의 최고 크기는 신문지 정도. 그러나 무릎 위에 앉은 그 작은 것이 선생을 살아가게 했다. 그것은 선생에게 있어 그 어떤 말이나 글보다도 강한 존재였다.

단정하고 감수성 짙은 글로 독자들의 마음을 잔잔히 움직였던 장영희 교수는 미국에서 유학 생활할 때 박사논문이 들어 있는 짐을 통째로 도둑맞았다. 심사를 앞둔 때였다. 지금처럼 컴퓨터로 써서 저장해놓을 수 있다면 그런 끔찍한 일은 없었겠지만 전동 타자기로 쳐서 정리한 최종본이었다.

선생은 소아마비로 다리가 불편했다. 무거운 책가방을 등에 메고 목발을 짚고서 눈비 맞으며 도서관을 다녔다. 그런 몸으로 엉덩이에 종기가 날 정도로 꼼짝 않고 책을 읽고 밤을 지새우며 써낸 것이었다. 논문이 통과되면, 외롭고 힘든 6년의 유학생활을 끝내고 가족이 있는 한국으로 돌아올 참이었다.

절망한 선생은 기숙사에서 전화도 받지 않고, 아무것도 먹지 않은 채 닷새 동안이나 침대에 누워 있었다. 그렇게 넋이 나가 있던 선생을 일으켜 세운 것은 다름 아닌 한줄기 햇살이었다. 커튼 사이로 스며든 빛이 어두침침한 벽에 선을 긋고 있었다. 그걸 본 선생은 어지러움을 참고 일어나 거울을 보았다. 거기에는 헝클어진 머리에 얼굴이 창백한 유령이 있었다. 신기하게도 그때 선생의 마음속 깊은 곳에서 한 목소리가 들려왔다.

"괜찮아. 다시 시작하면 되잖아. 다시 시작할 수 있어. 기껏 해야 논문인데 뭐. 그래, 살아 있잖아……. 논문 따위쯤이야."

　　　　　　　　　　　　　　- 장영희,《살아온 기적 살아갈 기적》, 샘터

손과 발이 자유롭지 못한 감옥은 신영복 선생의 몸통을 자른 것이고, 힘들여 마친 논문을 훔친 도둑은 장영희 선생의 몸통을 자른 것이나 다름없다. 그러나 두 사람 모두 '햇살'에서 살아갈 이유를 찾았다. 그것도 밝고 눈부신 햇살이 아닌, 신문지만 한 햇볕과 커튼을 비집고 들어온 한줄기 햇살이었다. 그러므로 그 햇살들은 선생들을 일으켜 세운 뿌리다.

이 두 이야기는 오래전에 읽은 내용이지만 너무도 강렬하여 머릿속에서 잘 지워지지 않았다.

옆구리를 찢어 새싹을 낸 소나무들에게도 잘린 몸통에 햇살 한

줌이 내려왔던 것이 아닐까. 그래서 왜 잘랐는지 묻거나, 힘들다고 핑계 대는 대신 오로지 새 몸통을 만들겠다는 일념으로 어둠의 시간을 견뎠으리라. 이런 상상 때문인지 그루터기에서 나오고 있는 아기 소나무들을 보면 나도 모르게 발에 힘이 들어갔다.

사람을 만나는 일이 가장 무서운 일이여서 세상으로 나아가는 길이 막혀버린 코로나19 시기에 내가 기대어 살아가고 있는 것은 뒷산이다. 숲 오솔길로 들어서서 걷다 보면 없던 힘이 생겨서 나올 때쯤이면 생기가 돈다. 계절에 따라 숲에서는 끊임없는 변화가 일어나고 새로운 에너지가 돈다. 그러므로 집콕 생활을 하면서도 무력해지거나 우울해지지 않는다.

숲은 나의 새 뿌리가 되어주었다. 내 하루 중 가장 많은 에너지를 충전해주고 있다. 지금의 생활이 신영복 선생이나 장영희 선생

처럼 절박함을 띤 것은 아니지만 코로나 시대에 새로운 세계로 이끄는 따스한 햇살을 만나게 해준다.

나무 그림자에도, 흠칫

기온이 올라가기만 하면 왼쪽 발바닥이 먼저 알아챈다. 스타킹은 물론이고, 면양말이라 해도 바람이 안 통하면 발바닥 정 가운데에 아주 작은 물집이 생긴다. 그런데 고 작은 것이 여간 가렵지가 않다. 오래전부터 생긴 고질병이다. 하지만 바람이 불기 시작하면 감쪽같이 사라진다.

고놈은 작년에 왔던 각설이처럼 죽지도 않고, 아니 죽은 체 하고 있다가 다음 해에 날이 따뜻해지면 다시 찾아오니 질기고 질긴 놈이다. 보통 성가신 일이 아니다. 무슨 바이러스 같지만 알 수 없다. 덥다 해도 맨발로 생활하면 잘 생기지 않는다. 몇 해 전 피부과에 갔으나 어떤 종류의 균인지 알 수 없다고 했다. 처방해준 약도 듣지 않았다.

집콕 생활 때부터 다니기 시작한 뒷산이 낮은 산이라 해도 등산화를 신고 다닌다. 그러니 양말도 신는다. 그러자 녀석은 5월이 되면서 또 나타났다. 샌들을 신고도 가 보았으나 경사로를 내려갈 때면 한쪽으로 밀려서 안 되었다.

그렇다면 고무신은 어떨까 하고 인터넷을 뒤져보았다. 마치 인도 성인처럼 멋스럽게 나이 들어가는 배우 문숙이 평소에도 검은 고무신을 신고 다녔는데, 그 친환경적인 모습이 보기에도 좋았다. 그래서 전부터 신고 싶었다. 요즘은 고무신도 얼마나 예쁘게 나오는지 종류도 많고 색상도 다채로웠다. 최종적으로 마음에 드는 초록색으로 주문했다. 그런데 막상 받아서 신어보니 꼬맹이 때 신었던 보들보들한 고무가 아니고 딱딱한 것이었다. 하루 신고 며칠을 고생했는지 모른다. 뒤꿈치가 까지고 짓무르고 가렵기까지 해서 한동안 그냥 두었다가 딱 한 번 더 신고 신발장에 모셔놓았다.

그 고무신으로 여름을 날려고 했던 생각을 더 사라지게 한 것은 다른 것에 있었다. 하필이면 고무신을 사기 바로 전 주에 다른 산에 가서 뱀을 보고 만 것이다. 내 앞을 스윽 지나가는데 소름이 끼쳤다. 나도 뱀띠지만 뱀이 너무 싫다. 고등학생 때에는 뱀꿈을 얼마나 많이 꾸었는지 모른다. 깨고 나면 기운이 다 빠질 정도였다. 심지어 태몽에도 나타났다.

첫날 고무신을 신고 가벼운 마음으로 산에 올랐다. 뱀을 본 무서움이 가시기 전이었고, 맨발이어서 오솔길로 들어설까 말까 갈등하다가 과감히 들어갔다. 그때부터 긴장이 시작되었다. 땅 위로 올라와 있는 나무뿌리를 봐도 흠칫하고, 미끄러지지 말라고 깔아

놓은 일자 형태로 엮어놓은 고무판들을 보고도 깜짝 놀라고, 떨어져 있는 나뭇가지를 보고도 심장이 쿵했다. 심지어는 하늘거리는 잎사귀 위의 그림자를 보고도 놀랐다.

평소에는 잘 느끼지 못한 숲길이 왜 그리 길던지 모른다. 꽃향을 맡네, 꽃잎을 보네, 사진을 찍네 하면서 즐거이 걸었던 길인데 눈길은커녕 한 번도 멈추지 않고 내달리듯 걸었다. 그 40여 분은 길고도 길었다.

뱀은 9개월이 넘도록 한 번도 보지 못했지만(나중에 딱 한 번 새끼 뱀을 봄) 절대로 맨발로 신고 가면 안 되겠다고 생각했다. 다 돌고 났을 때, 모든 것이 마음에서 우러난 것임도 알고, 중국으로 가는 길에 해골바가지 물을 달게 마셨다는 원효대사 일화도 떠올랐다. 하지만 그 일은 원효대사의 경우일 뿐이다.

뱀을 보지 않았더라면 그리 떨지는 않았을 것이다. 잎사귀 그림자를 보았을 때 도망치는 대신 사진을 찍었을 것이다. 그런 내가 몇 개월이 지나 고무신은커녕 맨발로 같은 길을 두 바퀴나 돌았으니 사람 일은 아무도 알 수 없다.

걸음이 느려지는 봄 숲

자주 다니다 보니 숲의 변화를 예민하게 느낄 수 있다. 겨울 숲이야 그날이 그날 같지만 봄 숲은 달랐다. 햇살이 많이 닿는 곳부터 꽃이 피어나기 시작하는데 얼마나 반가웠는지 모른다. 세상이 심각해져 가니 더 그러하였다.

진달래가 화려하게 신고식을 하면 벚꽃이 흐드러지게 피었다. 화무십일홍이라고 진달래가 서둘러 지고 난 후에는 나뭇가지에 연둣빛 새순들이 나오기 시작했다. 초반에는 그 속도가 좀 느린 듯 보였다.

그러나 오월이 되니 속도가 빨라졌다. 푸른빛이 진해지면서 하얀 꽃들이 피어났다. 아카시아, 때죽나무, 국수나무꽃들이었다. 잎이 나올 때는 무슨 나무인지 몰라 '꽃이 피면 너희들 정체를 확실히 알 수 있을 것이야'라고 속으로 말했다. 그 말이 어느 정도는 맞았다. 그렇게 해서 알게 된 나무가 때죽나무, 국수나무이다. 비바람이 쳤던 다음날 가보니 땅에 하얀 꽃이 수두룩하게 떨어져 있어 아카시아꽃인가 하고 봤더니 모양새가 달랐다. 사진을 찍어 인터넷에 검색해보니 때죽나무꽃이었다.

참꽃마리도 이번에 알았다. 아주 작은 꽃이 피어 있어 쭈그리고 앉아 보았다. "아가야 네 이름은 뭐니?"라고 물었다. 그러다가 예쁘면 됐지, 이름이 뭐가 중요하겠냐고 했지만 그 새 못 참고 검색창에 띄웠다. 참꽃마리였다. 이웃 블로그에서 본 기억이 났다. 그래서 실제로 보지 않는다면 그냥 스쳐 지나가기 쉽다는 것을 알수 있었다. 누군지는 알 수 없지만 귀엽고 앙증맞은 모습과 참 잘 어울리는 이름을 지은 것에 감사한 마음까지 들었다. 다시 지날 때도 아니, 꽃이 시들고, 씨가 맺고, 줄기와 잎마저 시들어도, 아니내년에도 말을 걸을 것이라고 했다. 이날은 그리도 좋아하는 초록빛들도 별로 보지 않고 내내 참꽃마리만 생각하며 걸었다. 꽃은 환한 등불이 되어 내 심장 속에 들어가 있는 느낌이었다.

그런데 말이다. 5일 만에 갔더니 풀이고 나무고 성큼 자라서 정확히 그 참꽃마리 자리가 어디였는지 모르겠더라는 말이다. 꽃도 진 것 같았다. 봄이 깊어지면 사나흘 만에 가도 낯설 정도이다. 그 참꽃마리를 더 오래 보지 못한 것이 못내 아쉬웠다.

큰 잎사귀에 겹쳐진 작은 그림자도, 경사로를 타고 올라가고 있는 잎들도, 작고 파란 열매도, 키 작은 아기 나무들도 내 걸음을 자꾸만 붙잡는다. 이런 날은 40분 길이 한 시간도 넘게 걸린다.

숲속 오솔길로 자꾸 들어가게 되는 데에는 이런 자연의 변화에

서 느끼는 즐거움도 크지만 그곳만의 매력이 가득하기 때문이다. 걷다 보면 숲이 나를 감싸 안는 듯한 느낌이 들면서 평온해진다.

그리고 오솔길 위에 또 다른 길이 두 개 생긴다. 하나는 자연과 내가 이어지는 길이고, 다른 하나는 나와 내가 이어지는 길이다. 자연과 이어진 길마저도 오롯이 나에게 향하도록 한다. 그렇다고 억지로 어떤 생각을 하려고 하지는 않는다. 그래서 자연과 교감하고 그들을 유심히 보게도 되는 것 같다. 세포 하나하나에 문이 열리는 느낌이다.

그런데도 걷는 동안 문장들은 자꾸 떠오른다. 생각을 놓아버리고 감각을 열어놓으니 오히려 감성이 살아나는 것 같다. 그래서 걷다가 자꾸 멈춰 서서 휴대폰 메모장을 열어 저장해 놓는다. 이런 이유로 칸트도, 베르나르 베르베르도 산책을 즐기지 않았을까.

코로나19 바이러스에게 감사할 것이 있다면, 이런 시간을 선사받았다는 점이다. 사회적 거리두기가 끝나면 과연 나는 이 산책을 계속할 수 있을 것인가? 되도록 그러하기를 빈다.

내 마지막 자리

숲속 쉼터 의자에 앉아 있었다. 물도 한 모금 마시고 한숨 돌렸다. 그리고 난 뒤, 책을 꺼내 읽다가, 블로그에 달린 댓글에 답글을 달다가, 새소리를 듣다가, 바람을 쏘다가 했다. 딱 알맞게 시원한 숲에서 울려 퍼지는 새들의 교향악과, 푸른 가지들이 한 차례씩 흔들며 내는 소리와 그 모습에, 그리고 밤꽃 향기에 한없이 붙잡혀 있었다.

숲을 벗어나기가 싫어 마냥 앉아 있었다. 곧 장마와 더위가 몰려오면 그처럼 상쾌하고 싱그러운 숲을 만나기는 어려울 것이기 때문이었다. 그런데 그 평화롭고 기분 좋은 숲에서 조금 전에 읽은 조장 이야기가 떠올랐다. 충격적이었기 때문일 것이다. 죽은 육신을 새에게 내어준다는 장례 풍습인 조장을 읽고 들은 적은 있지만 이처럼 세세한 것은 아니었다. 충격은 한 번도 본 적 없는 문화적 간극에서 오는 것일 게다.

도보여행가 김남희는 티벳 여행에서 생생하게 지켜본 조장을 에

세이집에 썼다. 그때까지 본 것 가운데 가장 평화로운 장례식이었다고 한다. 내가 알고 있는 조장이란 허허벌판에 죽은 육신을 놓아두면 새들이 날아와 파먹는 것이었다. 물론 그것도 많이 놀라울 일이다. 하지만 김남희가 보고 전하는 조장은 그것을 훨씬 뛰어넘었다.

장례식은 넓은 공터에서 이루어졌다고 한다. 그 주변엔 어마어마하게 큰 독수리가 앉아 있었는데 "문상객인 양 엄숙한 자태로 앉아 있었다"라고 표현하고 있다. 독수리들이 시신을 기다리는 중이라는 걸 뒤늦게 안 김남희는 소름이 돋았다고 한다.

긴 시간과 기도와 경 읊는 시간이 지나가고 조장을 집행하는 '돔덴'이 커다란 칼을 꺼내들었다고 한다. 돔덴은 시신의 몸을 덮은 천을 풀어헤치고 시신의 배를 십자로 갈랐단다. 칼과 도끼로 빠르게 시신을 해체한 돔덴이 부서진 뼈들을 모아놓고 독수리들을 부르자 독수리들이 살을 파먹었다 한다. 육신이 흔적도 없이 사라지는 데에는 채 두 시간이 걸리지 않았단다. 하지만 가족들은 울음이나 곡소리도 없이 평온한 표정으로 앉아서 그 의식을 지켜보았다고 한다.

시아버지가 땅속에 파묻히는 것도 보기 어려웠던 내가, 가족의 육신이 눈앞에서 칼과 도끼로 잘려지고, 독수리에게 파먹히는 모습을 본다면 어떨까. 끔찍하리라. 그러나 그곳의 조장은 척박한 환경과 종교의식에 가장 잘 어울리는 장례문화일 것이다. 그리하여 그들은 대대로 그 장면을 보아왔을 것이고, 담담하게 받아들일 수 있게 되었을 것이다.

이 글을 읽고 나니 자연스레 내 장례식에 대해서 생각하게 되었다. 화장하자고 남편과 가볍게 이야기한 적은 있지만 구체적으로 계획한 것은 없다. 시가 쪽에 집안 납골당이 있기 때문에 거기에 안치될 수도 있다. 미리 말해놓거나 유서를 써놓는다 해도 남은 가족들의 손에 달린 일이다. 나무를 좋아하니 수목장은 어떨까? 그런데 나무가 죽어버리면 어떻게 되는 것일까?

혼자 몸이라면 화장해서 어느 골짜기에 뿌려지든, 아니면 그냥 땅속에 묻히든 그리 문제될 것도 없다. 삶이 끝나면 내 몸과 영혼도 바람처럼 사라지는 것이라 여기는 무신론자라서 거창한 것도 바라지 않는다.

하지만 남편이 있고 자식이 있으니 생각이 달라진다. 우리가 세상을 떠나고 자녀가 힘든 시간을 만났을 때, 찾아와서 작은 위안이라도 얻는다면 납골당이든, 나무 아래든 한 장소를 지키고 있는 것도 나쁘지 않으리라.

생전의 거처 불일암 뜰에 고이 잠들어 계신 법정 스님에겐 당신이 좋아한 후박나무 아래가 마지막 안식처가 되었다. 이보다 더 좋을 순 없겠다.

내 마지막 자리는 어디일까? 이 생각은 숲을 내려오는 길에도 계속 나를 따라왔다. 나는 그것을 쉬이 떨치지 못했다.

그럼, 여태까지 내가 본 게 얼마란 말이야?

말괄량이 삐삐의 이웃집 친구인 아니카와 토미가 서커스 구경 가자고 삐삐를 찾아왔다. 토미는 서커스가 무엇인지 모르는 삐삐에게 말과 광대가 나오고 여자들이 줄타기도 하는 재밌는 것이라고 설명한다. 그러자 삐삐가 자기는 부자라서 서커스 같은 것은 얼마든지 살 수 있다고 말하는데, 서커스는 사는 게 아니라 돈을 내고 구경하는 거라고 토미가 다시 설명한다. 그 말을 들은 삐삐가 놀란다.

하느님, 맙소사! 그냥 보는 데도 돈을 낸다고? 난 하루 종일 눈을 부릅뜨고 돌아다녔어. 세상에, 그럼 여태까지 내가 본 게 얼마란 말이야?

얼마나 순수하고 깜찍한 생각인가. 삐삐의 이런 천연덕스런 모습에 우리가 빠져드는 것인지 모르겠다. 이 말은 내게 착 달라붙어 밑줄 긋게 했다. '여태까지 내가 본 게 얼마란 말이야?'라는 말 때문이었다.

그러고 나자 바로 뒷산이 떠올랐다. 그리고 거기에서 내가 만난 것들은 과연 얼마일지 그 값을 매겨보고 싶었다. 종이에 항목을 쭉 적어봤다.

겨울 숲의 고요

나무 사이의 여백

살짝 깔린 늦겨울 눈

오솔길의 포근함

진달래

흐드러진 벚꽃

막 얼굴 내민 새순

우거진 초록 숲

아카시아

참꽃마리

별처럼 우수수 떨어져 있는 때죽나무꽃들

숲속 쉼터

새소리

이파리에 앉은 그림자

쓰러져 죽은 아카시아 기둥에서 자라고 있는 아기 아카시아

비탈길

길 위의 흙

싱그러운 공기

누군가 틀고 지나가는 큰 노랫소리

'안녕하세요?' '뭘 찍으세요?' '감사합니다'

내 숨소리

숲 냄새

상수리나무 아래

쓰레기들

쓰레기 줍던 아저씨

25개나 되었다. 3개월 동안 다니면서 오감으로 느끼고 본 것들이다. 처음에는 좋은 것들만 적었는데 눈살을 찌푸리게 한 것들도 떠올랐다. 이것들 가운데에서 높은 점수 순서대로 나열해보아야 할 텐데 쉽지 않을 것 같다. 가장 먼저 해야 할 기본 값 정하는 것이 가장 어렵다. 오늘 당장 끝낼 수도 없고, 그래서도 안 될 것이기에 시간을 두고 머리와 가슴을 오르내리며 매겨보기로 했다.

삐삐의 말 한마디에 그동안 나를 행복한 시간으로 초대한 뒷산의 고마움을 정리할 수 있을 것 같다.

'아스트리드 린드그렌 선생님, 감사합니다!'

결국 0원이다

브런치에 글도 올리고, 밥을 먹고, 집안일도 끝내고 나니 여유가 생겼다. 그래서 며칠 전 만들어놓은 카드를 펼쳐놓고 가격을 매겨보기로 했다. 뒷산에서 내가 본 것들을 돈으로 환산하면 과연 얼마가 될 것인가.

카드가 모두 25개라서 일일이 매긴다는 것은 계산하기 어려운 일이라 등급을 매기기로 했다. 가장 중요하고도 먼저 해야 할 일은 기본 값 매기는 것. 자연이야말로 값어치가 워낙 높은 것이기 때문에 100만 원으로 했다. 등급은 총 5등급으로 했다. 내가 다니면서 더 많이 교감하여 큰 행복을 느낀 것을 1그룹으로 했다. 카드를 올렸다 내렸다 하면서 결정을 지었다.

- 1그룹(900만 원)—겨울 숲의 고요, 오솔길의 포근함, 막 얼굴 내민 새순, 쓰러져 죽은 아카시아 기둥에서 자라고 있는 아기 아카시아, 숲 냄새, 우거진 초록 숲, 쓰레기 줍던 아저씨

(7) ₩63,000,000

- 2그룹(600만 원)-싱그러운 공기, 나무 사이의 여백, 살짝 깔린 늦겨울의 눈, 흐드러진 벚꽃, 참꽃마리, 새소리, 상수리나무 아래, '안녕하세요? 뭘 찍으세요? 감사합니다', '내 숨소리, 감탄, 미소' (9) ₩54,000,000

- 3그룹(400만 원)-아카시아, 진달래, 별처럼 우수수 떨어져 있는 때죽나무꽃들, 숲속 쉼터, 이파리에 앉은 그림자, 비탈길, 길 위의 흙 (7) ₩28,000,000

- 4그룹(-5,500만 원)-누군가 틀고 지나가는 큰 노랫소리 (1) ₩-55,000,000

- 5그룹(-9,000만 원)-쓰레기들 (1) ₩-90,000,000

금액은 어떤 계산 없이 감으로 매겼다. 그런데 계산해보니 플러스로 계산되는 3그룹까지 1억 4천5백만 원이 나왔고, 마이너스 그룹에서 1억 4천만 원이 나왔다. 처음에 4그룹을 5천만 원으로 해서 총합 금액으로 5백만 원이 나왔다. 그래도 감으로 계산한 것치고 플러스와 마이너스 값이 아주 비슷하게 나와, 4그룹을 5천5백만 원으로 수정해 0원으로 만들었다.

비논리적이기는 하지만 자연은 값으로 매길 수 없는 무한대의 가치가 있는 것이란 결론을 내렸기 때문이다. 그래도 내가 자주 보았던 것들이 1억 4천5백만 원의 가치를 가지고 있다니 난 얼마나 큰 부자인가.

사람이 버린 쓰레기나 크게 틀어놓은 노랫소리는 아주 낮은 금액으로 매겼다. 아름다운 풍경을 해치는 일이나, 다른 사람에게 큰 폐를 끼치는 일인데도 그 사실을 인지하지 못하고 안방인 양 틀고 다니는 모습은 도저히 용납이 안 된다. 하지만 내게 인사하거나 말을 걸었던 일은 2그룹에 넣었다. 길이 좁아 내 쪽에서 길을 비켜주었을 때 감사하다는 인사말을 듣는 것은 참 어려웠다. 딱 한 사람 있었다. 쓰레기가 보였을 때는 눈살이 찌푸려지면서, 내가 치우면 어떨까 하고 잠시 생각만 하고 그냥 모른 척 지나다니기만 했다. 그런데 어느 날 한 아저씨가 봉지를 들고 다니면서 치우고 있는 것을 보고 얼마나 부끄러웠는지 모른다.

매겨 놓은 수치로 볼 때 자연과 달리 사람의 일은 극과 극을 이룬다. 아름다움과 추함을 동시에 가졌다. 그건 어딜 가나 사라지지 않는 우리 인간의 속성인 듯하다. 그래도 다행이다. 아픔만 있고 약이 없다면 온 천지가 상처투성이 아니겠는가. 아직 백신이 없는 코로나19 바이러스에 속속 무너지는 지금까지의 상황처럼 말이다.

나에게 반하다

나가기 전에 확인해보니 32도였다. 가장 볕이 강한 오후 1시대이다. 하지만 늘 숲에 가는 시간이니 새삼스러울 것은 없다. 대신 준비물을 단단히 챙겼다. 암막 양산, 차양 모자, 팔 토시, 손 선풍기, 손수건, 간식(파프리카, 비트), 새싹보리 탄 물에 책 한 권. 이 정도면 완벽하다.

이 시간에 산에 오르는 이는 나 말고도 있었다. 평소만큼은 아니어도 열심히 둘레길을 돌고 있는 사람들이 있었다. 이제야 알겠다. 어쩌다 하는 산책이라면 모를까, 운동이라면 날 좋은 날만 하는 것이 아니라는 것을 말이다. 예전엔 비가 오면 당연히 못 나가는 줄 알았고, 여름에는 땡볕을 피해 늦은 밤에 나가야 하는 줄 알았다. 그러나 오늘처럼 아무리 볕이 따가워도, 비가 와도 산을 오른다. 양산이 있고, 우산이 있는데 못 갈 이유가 없다. 늘 다니던 시간에 계절을 가리지 않고 다니는 것이 진짜 운동이다.

장마가 끝났으니 뜨거운 건 당연하다. 오늘도 오솔길로 들어갔다. 요즘엔 오솔길로 다니는 사람도 많지 않다. 장마와 땡볕 때문이다. 처음으로 오솔길에서 양산을 썼다. 예전엔 몸에서 땀이 잘 나지 않았는데 요즘은 제법 난다. 오늘도 얼굴 위로 흘러내렸다. 그래도 쉬지 않고 걸었다. 점차 걷는 양이 많아지고 땀이 더 많이 흘렀다. 그럴수록 기분이 상쾌해졌다. 이 맛에 사람들이 날씨를 가리지 않고 운동하는 것이리라. 남편은 땀이 많이 나는 편인데 산에 오르면 그야말로 비 오듯 쏟아질 정도이다. 그런데 닦을 생각을 안 했다. 땀을 쭉 빼고 나면 기분이 좋아져서 그런다고 했는데 이제야 나도 그 맛을 알겠다.

판소리에서도 마음을 빼앗는 대목들은 무척 까다로워서 흉내조차 내기 어렵다. 그래서 힘들게 익히고 나면 그 기쁨과 행복은 더없이 크다. 세상의 많은 아름다운 것들은 쉬이 주어지지 않지만 얻고 났을 때의 만족감은 힘든 것에 비례한다는 것을 많이 경험한다. 오늘처럼 날이 유난히 더운 날 걷고 났을 때 더 많은 행복을 느낀 것도 마찬가지다.

나는 무더위 속에서 땀을 한가득 흘리면서 열심히 걸은 나 스스로에게 호감을 느꼈다. 마음이 벅찬 것이 호감이 아니고 무엇이랴. 자기 스스로에게도 반할 수 있지 않겠는가. 대단한 일에 있어서만 반하는 것은 아니다. 기대치가 높지 않은 나는 나 스스로에게 적지 않은 호감을 갖고 있다. 때문에 자주 감동하고 기뻐한다. 그것들이 모인 아름다움의 산은 높아만 가서 속이 상하거나 힘든 일이 있을 때도 빨리 회복된다. 그것을 전문 용어로 회복탄력성이라 하고, 내 말로 바꾸면 '긍정적 태도'이다.

참 다행이다. 기대치가 높았다면 고개가 얼마나 아팠을까. 오르지도 못하고 속상해하는 사이 자존감은 바닥에서 헤어나오지 못했을 것이다. 다행스럽게도 기대치가 낮았기에 자신감도 높아지고, 새로운 일도·무서워하지 않는다. 그리하여 내 자존감은 나한테 딱 맞는 눈높이에 잘 걸쳐 있다. 숲에서 나는 또 자존감 하나 길어 올렸다.

최초·최애·낭만 덕질

숲길을 걸으면서 휴대폰 메모장에 편지를 쓰기 시작했다. 할 말이 자꾸 떠올라 한 걸음 가다 멈추고, 또 한 걸음 가다 멈췄다. 그리하여 두 바퀴 돌았을 때는 쓰기를 마쳤다. 대상은 바로 트로트 가수 장민호였다.

코로나19와 비슷한 시기에 시작하여 한반도를 뜨겁게 달군, 〈미스터트롯〉 경연 프로그램을 통해 내 최애 덕질이 시작됐다. 남들에 견주면 덕질이라고까지 할 정도는 못 되지만 적어도 내 생애를 통틀면 그러하다(그러나 시간이 흘러 열성팬이 되었다).

훤칠하고 끼 많은 남성들이 대거 출연한 그 프로그램에서 단연 내 눈에 들어온 이는 장민호였다. 처음 얼굴만 보았을 때는 강철 인간으로 보였으나 그건 머리스타일 때문이라는 걸 나중에 알았다. 머리를 내리니 세상 부드러운 남자였다.

달빛 감성으로 마음을 조용히 흔드는 그의 음색과 만형으로서 동생들을 챙기고 배려하는 모습, 그리고 그가 걸어온 길과 미담들이 하나둘 알려지면서 더욱 그에게 빠져들었다. 복고 열풍에 가세해진 것인지 올해 트로트가 최고 인기를 누리고 있다. 거기에는 〈미스터트롯〉의 탑6가 방송가를 타고 다니며 뿌린 인기가 큰 몫을 한 덕도 있을 것이다. 원래 트로트는 국민들의 관심 밖에 있어 노래 한 곡이 히트치기까지 10년이 넘어가는 경우도 있다고 한다.

그러하니 크게 알려지지 않은 트로트 가수들의 주머니 사정이 어떠했을지 상상이 간다. 그런데도 그는 무명시절에, 진을 한 임영웅이나 선을 한 영탁을 조용히 불러 용돈을 찔러주기도 하고, 서로 뭉쳐야 트로트가 산다며 살뜰히 챙겨주었다는 것이다. 이런 미담들이 후배 가수들 입을 통해 전해졌다.

중견 트로트 가수들에 견주면 장민호는 청년가수이지만 이번 경연 프로그램엔 초등학생들부터 출연했고, 가장 나이 많은 그룹에 속해 있었다. 탑6 가운데에서도 가장 많았다.

장민호는 아이돌 그룹 유비스로 출발했는데 큰 빛을 보지 못해 발라드로 전향했다. 한 오디션 프로그램에서는 우승까지 거머쥐었으나 역시 그 빛도 오래 가지 못했다. 결국 트로트의 길로 들어섰고, 트로트계에서 최초라 할 정도로 어머니 팬덤까지 얻게 되었다. 길고도 험난한 길을 22년 차에 접어들며 〈미스터트롯〉에 나와 더 많은 이들에게 알려졌다. 나 또한 이 프로그램에서 그를 처음 보았다.

장르는 바뀌었어도 오랜 시간 잘 견디면서 자신이 원하는 길을 꾸준히 걸어온 그의 삶은, 중년 이후의 사람들에게 큰 공감을 불러일으킬 것이다. 그래서 유난히 어머니 팬들을 많이 보유하고 있는 것이라 생각된다. 가정을 위해 지난한 삶을 견디고, 이끌고 온 어머니들 눈에는 마치 그가 거울처럼 보이지 않았을까. 그 장한 모습에 등이라도 두드려주고 싶을 것이다. 마치 자신들에게 '잘 버티어 왔어. 그리고 최선을 다해 잘 살아왔으니 장해!'라면서 말이다.

편지 첫 마디는 '까꿍'으로 시작했다. 팬 카페에서 그가 가끔 편지를 남기며 이 단어를 쓰는데, 얼마나 깜찍한지 내 머릿속에 각인되었나 보다. 그의 생일 즈음에 그림책 선물과 함께 편지를 썼다.

민호 님에게

까꿍, 그림책이 나와서 좀 놀라셨나요?

하지만 트로트가 전 세대를 아우르듯, 그림책도 마찬가지랍니다. 0세에서 100세까지 읽는 책이지요. 요즘 그림책이 어른들 사이에서 뜨거운 바람을 일으키고 있답니다. 그런 점에서 트로트와 닮았네요.

이렇게 연예인에게 편지 쓰는 건 생애 최초입니다. 상상도 못한 일이어요. 저는 고등학교 시절엔 혜은이와 윤시내를, 스무 살이 넘어선 백영규와 정태춘을 좋아했어요. 그리고 김영동 음악, 김광석 노래를 좋아하고, 최백호 노래를 아주 좋아해요. 그러다가 요즘은 장민호 님에게 기울어져 있답니다.

〈미스터트롯〉에서 장민호 님을 알게 되었는데, 바로 팬이 되었습니다. 처음엔 가슴을 울리는 노래 때문이었지만 민호 님이 걸어온 가수의 길과 양파처럼 나오는 미담과 겸손 그리고 웃음을 수시로 터트리는 유머에 점점 빠져들었죠. 그리하여 처음으로 팬카페에 가입해 덕질 흉내도 내고, 콘서트 계획도 없으면서 굿즈도 하나씩 구입해놓고 있어요.

〈봄날은 간다〉에서 대번에 반해 그때부터 가슴 졸이며 응원했어요. 자신만의 빛깔이 뚜렷하고, 가슴 울리는 노래를 하더군요. 그리고 김정호의 〈님〉을 부를 때는 뒤로 나가떨어지는 줄 알았어요. 경연곡 가운데 저의 최애곡이었죠. 몇 번을 반복해서 들었는지 모른답니다.

결승전에선 두 딸은 물론 딸들에게 친구들에게도 투표하도록 말하라 했죠. 적어도 진, 선 가운데 하나는 될 거라 생각했지만 너무 안타까운 결과를 얻고 말았어요. 그리고 유튜브를 뒤져 민호 님 노래들을 들었어요. 거기에서 놀란 것은 〈사랑의 콜센타〉에 오천 번 가까이 전화해도 안 됐지만 만약 연결된다면 〈열애〉를 신청하려 했는데, 〈유희열의 스케치북〉에서 이미 불렀더군요. 그리고 제가 판소리를 꽤 오랜 시간 배우고 있는데 그 시작이 〈쑥대머리〉였어요. 그런데 최근 민호 님도 퓨전이지만 〈사랑의 콜센타〉에서 불러 많은 사람들을 감동시켰죠. 〈님〉 부를 때 판소리 불러도 잘하겠단 생각했는데 역시였답니다. 이렇듯 저와 노래 코드가 닮았다는 걸 〈봄날은 간다〉에서 귀신처럼 알아낸 것이지요.

'다시마 세이조'의 《뛰어라 메뚜기》는 마치 민호 님의 22년 가수 인생을 그려낸 것 같아요. 자기를 잡아먹으려는 천적들 때문에 풀 속에 숨어 지내던 메뚜기가 큰맘 먹고 바위로 나오죠. 그랬더니 아니다 다를까 자기를 노리는 뱀과 사마귀를 만나게 되어요. 하지만 다 물리치고 난 다음 한 번도 사용하지 않은 날개의 존재를 알게 됩니다. 민호 님이 유비스 시절과 발라드 시절을 거쳐 자기 안에 숨어 있던 트로트라는 날개를 찾은 것처럼요. 메뚜기가 사막을 향해 날아갈 때는 얼마나 행복했을까요? 자유와 날개를 얻었으니까요. 민호 님이 트로트라는 잘 어울리는 옷을 입은 것과 같아요.

나머지 책들은, 강행군인 요즘 스케줄로 지쳐 있을 민호 님에게 마음의 여유로움과 휴식을 줄 것으로 고른 거랍니다. 숲길을 걷듯 평온을 선사해줄 책이어요. 몸과 마음은 유기체처럼 밀접하게 연결되어 있잖아요. 눈부신 날개로 오래 날기 위해서는 몸과 마음을 잘 살펴야 된다고 생각해요.

저는 민호 님과 띠 동갑인 오십대입니다. 민호 님만 나오면 빙그레 미소가 지어지고, 어떤 땐 민호 님 노래에 눈물이 흐르니 민호 님은 저의 행복 바이러스이자 다이돌핀입니다. 물론 민호 님이 노래할 때면 다른 가수들의 노래를 들을 때와는 달리 긴장을 많이 하지만요. 부디 건강 잘 챙기시고 또 민호 님을 생각나게 하는 그림책이 있으면 보낼게요.

숲길을 걸으며 쓰기를 마쳤으니 술술 나온 글이다. 편지는 생각보다 잘 써지지 않는데 신기했다.

그런데 어디 편지뿐이랴. 장민호가 영탁, 이찬원과 함께 모델로 나온 피자를 주문해서 장민호 얼굴이 새겨진 부채를 받았다는 말에 나도 피자를 시키고 말았다. 원래도 즐겨 먹는 음식은 아니지만 특히 요즘은 건강 관리한다고 인스턴트는 입에도 대지 않는 내가 말이다. 배달앱으로 시키지 않고 직접 매장으로 전화해 무슨 굿즈를 주는지 묻고 시켰다. 마지막 남은 포토 카드 한 장 받았지만 어찌나 좋던지 모른다. 피자는 단 한 조각만 먹었다.

장민호는 이 나이의 나를 소녀 감성으로 되돌린 장본인이다. 남들이 하는 덕질을 볼 때는 지나치다 여겼던 것이 비로소 이해가 되고 포용이 되었다. 남이 하면 불륜이고 내가 하면 로맨스가 맞다.

카페에 가입할까 말까 망설이다 거의 반년이 넘어 가입했다. 처음엔 정보나 얻을까 해서 갔다가 어디에 투표를 해야 한다면 무료 투표권을 얻기 위해 열심히 뉴스를 보고, 출석체크도 하고, 하트 충전하러 다른 사이트에도 열심히 드나들고 있다. 그런데 이런 일을 하면 할수록 장민호에게 더 정이 생긴다는 것이다. 그의 몸짓, 노래, 말, 기사 등에 더 큰 감동을 받게 된다. 카페에 들어가면 한 사람을 두고 그 많은 이들이 질투 없이 마음을 모아 활동하고 응원하는 것을 볼 수 있다. 그것이 일반 연인과 팬이 다른 점이다. 내가 사랑하는 이가 잘 되기를 바라기 때문에 없는 시간도 쓰면서 마음을 모으고 있다.

　나 역시 팬들이 함께하는 기부에도 동참하고 콘서트 계획이 없으면서 그의 굿즈를 하나씩 사들이고 있었다. 이름이 새겨진 티셔츠, 모자, 마스크를 산 뒤에는 이제 됐다고 생각했는데 스카프도 사고, 다른 것들도 사고 싶어진다. 스마트폰에는 관객석에서 이름을 써서 흔들어대는 어플도 다운받아 장민호 이름을 크게 써 놓았다. 이런 내 행위는 생각지도 않은 생각을 불러일으켰다. 언제 그의 단독 콘서트가 열릴까를 기다리고 있는 것이다.

　어서 코로나19가 종식되어 그것들을 입고, 쓰고, 두르고, 흔들면서 소리소리 질러보고 싶다.

덕질은 어디로?

내 덕질은 생각보다 더 많이 뻗어나갔다. 팬카페에 가입하고 보니 팬심이 눈덩이처럼 커졌다. 생각해보시라. 팬카페에는 온통 한 사람을 향한 사랑과 목마름과 열정이 가득한 응원 언어들로 가득하다. 그래서 스타를 향한 애정이 자신도 모르게 강력해지고 거대해진다.

때마침 탑6가 출연하고 있는 〈사랑의 콜센타〉라는 프로그램에서 자신의 스타를 그린 그림과 손 편지를 접수받는다고 했다. 그림에 자신이 없어 쓸 생각이 없었는데 편지만 써도 된다고 해서 갑작스레 쓰기 시작했다. 그리고 초상화는 자신 없지만 상징적인 그림을 그려서 그림책처럼 만들었다.

이 프로그램은 처음엔 시청자들의 전화를 받아 신청곡을 받았다. 나도 어떻게든 장민호와 통화를 하고 싶어 전화받는 두어 시간 동안 쉬지 않고 몇천 통을 했지만 연결되지 않았다. 그런데 편지라면 100프로가 아닌가.

문구점에 가서 검은 도화지와 민트색 편지지를 사왔다. 56세 중년 아줌마가 마치 10대 시절로 되돌아간 듯 가슴이 콩닥거리다니 세상 처음 겪는 경험이었다. 이장미 작가의 그림책《달에 간 나팔꽃》(글로연)을 활용하여 장민호가 지나온 이야기를 엮어 썼다. 물론 한 번에 성공한 것은 아니었다. 검은 색도화지를 묶음으로 사왔기 때문에 몇 장을 버려도 괜찮았다.

　　기승전결 형식으로 그림과 글을 써 한 권의 그림책(?)을 만들었다. 제목은《장민호는 어쩌다가 달빛감성 가수가 되었는가?》이며 작성자 이름으로는 팬카페에서 사용하는 닉네임인 새바람으로 했다. 출판사는 민트출판사로 했다. 장민호 팬 이름이 '민호특공대'인데 이를 줄여 민트라 부르기 때문이다.

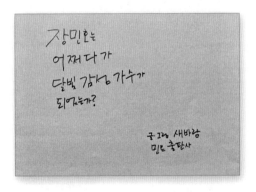

《장민호는 어쩌다가 달빛감성 가수가 되었는가?》

글·그림 새바람, 민트출판사

전국노래자랑에 한 번만 데려가 달라고
엄마를 조르던 어린 민호는
스물한 살에 가수가 되어버렸다.
민호는 멋진 가수가 되겠다고 마음먹었다.

유비스가 해체되었을 때도
발라드 듀오가 바람처럼 사라졌을 때에도
멋진 가수가 되고 싶었다.

<내 생애 마지막 오디션>에서 우승했을 때에는
그 꿈이 이루어졌다고 생각했다.
그러나 변한 것은 없었다.
트로트 가수로 전향해서도 멋진 가수가 되고 싶었다.
무명이 길어지면서
골목 뒤에서 흐느끼며 우는 날도 있었다.

그래도 멋진 가수가 되겠다는
꿈은 버리지 않았다.

하지만 그 꿈은 아주아주 멀리에 있었다.
후배들도 있는 심사단 앞에서

경연을 펼칠 때에도
멋진 가수가 되겠다는 마음을 버리지 않았다.
이미 멋진 가수였음에도…….

길 위에 뿌렸던 수많은 눈물과 한숨
그리고 외로움을 하나로 버무린 장민호는
사람들 가슴속에 달빛가루를 뿌리고 있다.

장민호는 진짜로
멋진 가수가 되었다.

그는 이 그림책을 어떻게 읽었을지 궁금하다. 그러는 사이 코
로나19로 중단되었던 〈미스터트롯〉 전국 투어 콘서트가 재개되어
어렵게 표도 구해놓고 그날만을 기다리고 있었다. 그리고 여기저
기에서 민트들 모임도 생기고 있었다. 나도 지역 모임에 참여해 그
들과 급속도로 친해졌다. 응원법을 잘 모르는 이들에게 알려주고,
며칠 새벽잠 설치며 콘서트 티켓도 끊어주고, 콘서트에 필요한 굿
즈 등을 함께 구입해 나눠주는 일들을 하느라 정신없이 바빴다.
　한두 달 사이에 어떤 덕질을 하게 되었는지는 방송국으로 보낸
편지를 보면 알 수 있다.

내 편 가수 민호 님에게

안녕하세요, 민호 님? 저는 새바람이라고 합니다. 신간 그림책 《달에 간 나팔꽃》을 보는데 꼭 민호 님 이야기를 하는 것 같아 보내려고 했어요. 때마침 〈사랑의 콜센타〉에서 편지로 신청곡을 받는다고 해서 이 기회를 적극 활용하기로 했습니다. 초창기 때 손목이 아플 정도로 전화를 해도 걸리지 않아 그만 포기하고 있었죠. 서툰 실력이지만 민호 님 생각하며 그림을 그리고 편지를 쓰자니 그렇게 행복할 수 없더군요.

해가 뜰 때만 꽃봉오리를 여는 나팔꽃이 어느 날 우연히 낮달을 보게 됩니다. 그때부터 나팔꽃은 달에 가고 싶은 꿈을 꾸기 시작하지요. 열매가 맺고, 잎이 시들고, 씨가 땅속에 묻히고, 눈이 푹푹 내려도 그 꿈을 버리지 않았어요. 그리하여 다음 해에 새 싹이 돋았을 때 달에게로 향합니다. 가도 가도 달은 너무 멀리 있지만 끝까지 포기하지 않았기에 결국 도착했습니다. 그리고 나팔꽃은 달에서 환한 꽃을 피웁니다.

민호 님 이야기 같지 않나요? 긴 시간 옷을 바꿔가면서도 끝까지 노래를 포기하지 않고 지켜냈기에, 달꽃처럼 환한 민호꽃을 피워냈습니다. 그래서 노래는 더 깊어지고 진심이 담겨져 사람들 가슴속으로 파고들고 있지요. 그리하여 그림책을 따라 그리고 책 내용을 모티프로 해서 민호 님 이야기를 담아보았습니다. 그림 솜씨도 없는데 짧은 시간 안에 해야 했기에 너무 부족하지만 오로지 민호 님에게 가 닿을 것이라는 생각에 정성만큼은 가득 담아보았습니다. 그림책을 먼저 읽고 제가 만든 것을 보시기 바랍니다.

십대부터 좋아한 가수들이 있었지만 지금처럼 뜨겁게 한 사람을 향한 덕질을 해보기는 처음입니다. 제 닉네임이 왜 '새바람'인 줄 아세요? 트로트를 그다지 좋아하지 않은 제게 민호 님이 새 바람을 넣어주었기 때문입니다. 그리고 민호 님이 트롯계에 새 바람을 일으키는 주인공이기 때문입니다.

(중략)

민호 님을 진짜 가수라 생각하는 것은, 〈사랑의 콜센타〉에서 점수에 신경 쓰지 않고 팬들의 마음을 녹여주는 좋은 노래를 불러준다는 점입니다. 〈서울 가 살자〉와 같이 묻혀 있는 동료가수의 노래를 불러내 세상에 알리기도 하고, 〈홍연〉이나 〈쑥대머리〉 같은 국악 트로트로 색다른 감동을 주기도 하지요.

자신에게 다가온 상처를 밀어내지 않고 온몸으로 받아내어 보석으로 만들어버리는 진주와도 같은 시간을 건너온 민호 님에게 큰 박수를 보냅니다. 골목에서 흘린 눈물이 만들어낸 보석이라 생각해요. 견디어주어서 정말 감사합니다.

이런 제가 왜 민호 님을 이제야 알았을까요? 민호 님은 안 가본 곳이 없을 정도로 전국의 노래교실을 많이 다녔다는데 그 흔한 노래교실을 안 다녔기 때문입니다. 〈미스터트롯〉에 나와 주어서 정말 감사합니다. 예선전에서 많은 참가자 가운데 민호 님 노래와 얼굴에만 빛이 났고, 부르는 노래마다 제 가슴을 깊게 울렸습니다. 때로는 징처럼 때로는 폭포수처럼, 또 때로는 봄바람처럼 다가와 저를 감동의 도가니로 몰고 갔습니다.

민호 님이 노래를 부르면 왜 그리 코끝이 시큰하고 눈물이 나는지 모르겠습니다. 민호 님이 지나온 길을 알고 있기 때문일 것입니다. 많이 힘들었을 그 시간들을 어떻게 견디어 왔을지 마음도 아프고, 장하다고 토닥거려 주고 싶은데 워낙 해맑으니 그것조차 짠하게 합니다.

(중략)

제 남편은 도쿄에서 9년 가까이 사업을 하고 있습니다. 그래서 남편과 제가 한국과 도쿄를 오가는 생활을 하며 지냈는데 올해는 코로나 때문에 1월 초에 다녀간 뒤로 아직 한 번도 못 만났습니다. 1년이 다 되어 가네요. 민호 님의 노래 〈연리지〉에 '살아도 같이 살고, 죽어도 같이 죽어요'란 대목을 들으면 그 가사가 자꾸만 제 가슴에 걸려듭니다. 코로나가 종식되면 정말로 그리 살아야겠다고 다짐합니다. 남편을 생각하면 마음이 너무 아픈데 민호 님 노래로 위로를 많이 받고 있습니다. 그리고 민호 님은 제 남편과 닮은 점이 많아요. 한번 나열해볼까요?

성이 장씨다.

노래를 잘한다.

잘생겼다.

키가 크다.

애절한 노래를 좋아한다.

배려심이 많다.

대기만성형이다.

성실하다.

반듯하다.

부드러운 남자다.

자상하다.

달빛감성을 가졌다.

그래서인지 종일 민호 님 노래를 듣고 있으면 민호 님이 가족처럼 느껴집니다. 행운의 여신이 와서 제 편지가 민호 님 마음에 가 닿아 뽑힌다면 첫 번째는 〈연리지〉를 듣고 싶습니다. 만약 두 곡을 들을 수 있다면 〈봄날은 간다〉도 듣고 싶습니다. 이 노래는 민호 님의 존재를 제게 각인시켜 준 곡이라서 다시 한 번 듣고 싶어요. 며칠 전 한일 기업인 2주 격리 면제가 돼 혹여 방송이 되는 날 남편이 집에 오게 된다면 축하곡이 될 것이고, 오지 못한다면 동영상으로 볼 수 있으니 얼마나 기쁠까요?

(중략)

많은 스케줄로 탑6의 몸이 상할까 많은 걱정이 됩니다. 몸과 마음이 우선이니 관리들을 잘 해서 건강하게 만나기를 기대합니다. 어제처럼 오늘도 민호 님을 응원하고 내일은 오늘보다 더 많이 응원할게요. 그럼 〈사랑의 콜센타〉에서 만나요. 두서없이 길게 쓴 글 읽어주셔서 감사합니다.

민호 님 편 새바람 드림

사회적 거리두기가 1.5단계로 되면서 콘서트는 취소되고 말았다. 그런데 불행 중 다행으로 〈사랑의 콜센타〉에서 전화가 왔다. 처음으로 방청녹화를 하는데 이번에 편지 보낸 사람 가운데 당첨되었다고 했다. 콘서트에서는 너무 멀어 얼굴을 제대로 볼 수 없겠지만 방송국에서 하는 녹화방송이라니 바로 코앞에서 보고, 노래까지 들을 수 있는 절호의 기회였다. 그 기쁨을 무엇이라 표현할 수 있을까.

그런데 사회적 거리두기가 2단계로 격상되면서 녹화방송마저 취소되고 말았다. 이틀 전까지만 해도 녹화장소 안내 문자를 받았는데 바로 전날 취소문자를 받았다. 아쉽기 그지없었다. 콘서트 취소는 그들의 무리한 강행군에 쉬어갈 시간을 주는 것이라 여겨 아쉬움을 꾹 누르며 접어두었지만 말이다.

하지만 나는 그 마음을 바로 털어버리고 팬 카페에서, 아니 새로 얻은 직장에서 응원하느라 고군분투하고 있다. 팬 카페 회원이 되면서부터 장민호의 노래를 점점 들을 수 없게 되었다. 그 대신 응원활동은 하나 둘 늘어만 가고 있다. 내 스타가 바쁠수록 팬들도 같이 바빠진다. 그것이 덕질의 기본 중의 기본이라는 것을 이 나이에 알아가고 있다. 장민호가 아니었으면 이걸 모르고 죽을 뻔했다.

세상을 조금은 알 정도로 산 나이라서, 이제는 손에 쥔 것을 조금씩 내려놓는 연습을 하려던 참이었다. 되도록 휴대폰은 멀리하고 자연과 가까이 하면서 여백 있는 삶을 살려고 했다. 그런데 장민호 때문에 분주한 꿀벌이 되어가고 있다.

쑥대머리만 부를 줄 안다면!

숲길을 걷다가 아주 가끔은 나도 모르게 판소리가 흘러나온다. 가장 많이 연습했던 〈쑥대머리〉가 그렇다. 오솔길을 처음 걸은 날엔 사람들이 안 다니는 길인 줄 알고 서서 크게 불렀다. 한껏 목청을 돋워 소리를 하는데 한 남성이 가까이 온 걸 보고 얼마나 쑥스러웠는지 모른다. 그 뒤로는 앞뒤를 잘 살피고 소리가 멀리 퍼져나가지 않을 정도로만 흥얼댄다.

코로나19가 우리나라에도 많이 퍼지기 시작한 2월 달부터 강습소 다니는 것을 쉬고 있다. 어깨까지 아파서 올해는 몸을 돌보기로 했다. 그래서 그 뒤로는 소리를 거의 입에 올리지 않고 있는데 숲에 가면 그렇게 가끔 나온다.

판소리를 배우기 시작한 것은 우리 아이들이 초등학교 다닐 때이다. 그런데 얼마 안 있다가 '산공부'에 간다고 했다. 그것이 무얼하는 것인지는 잘 몰라도 그저 산에 가서 종일 소리만 할 수 있다는 기대에 가고 싶은 마음이 간절했다.

그래서 각오를 단단히 하고 어린 두 딸을 데리고 치킨집에 갔다. 그리고 조심스레 말을 꺼냈다.

"엄마가 전부터 꼭 하고 싶은 것이 있었어. 영화에서 보면 깊은 계곡이나 폭포 아래에서 소리 연습하는 것 말이야. 강습소에서 가는 산공부가 그런 것이라는데, 3박 4일만 하고 와도 될까?"

이 말은 "엄마, 마트에 다녀올 테니 둘이 잘 놀고 있어"라든가, "엄마 수업하러 갔다 올게. 배고프면 저기 준비해놓은 간식 먹어" 등의 말처럼 툭 던질 말이 아니었다. 오죽하면 아이들이 좋아하는 치킨을 먹게 해주고, 눈치까지 살피면서 물어야 했을까.

예상했던 대로 큰아이는 바로 괜찮다고 했다. 남편은 무엇이든 오케이 해주는 사람이라 아예 물어볼 생각도 안 했다. 문제는 작은 딸이었다. 일이 있어 밖에 나가 있으면 작은 아이의 온 신경은 내게 쏠려 있는지 계속 전화를 하고, 잠시라도 떨어지는 걸 불안해하는 껌딱지였다. 나도 결혼한 후에는 혼자서 집을 떠나본 일이 없었다. 그런 것들을 감수하고서라도 가고 싶었다.

드디어 작은 딸이 입을 열었다.

"엄마랑 떨어지는 건 싫지만, 그렇게 원한다면 다녀오세요."

내 간절함이 딸에게도 전달된 모양이었다. 큰 장막이라 여긴 작은딸의 이해를 얻은 나는 난생처음 산공부를 떠날 수 있었다.

그 해에 판소리 공부를 시작했기 때문에 '산공부'라는 말도 처음 들었다. 그것은 판소리 공부하는 사람들이 여름과 겨울 두 차례, 산중으로 들어가 오로지 소리 공부에만 정진하는 것을 말했다. 입문한 지 얼마 안 된 때였으므로 내 열정은 하늘이라도 찌를 기세였기에 산공부에 다녀오고 싶은 것은 당연했다.

　판소리를 처음 접한 것은 10대 후반이었던 것 같다. 어느 날 TV에서 가슴을 후벼 파는 노래가 나왔다. 조선시대 명창을 주인공으로 한 휴먼 드라마에서 나오는 것이었다. 알 수 없는 노래였지만 내 마음을 얼마나 흔들어놓았는지, 그날 이후 판소리를 꼭 배우고 싶다는 생각을 품게 했다.

　그리고 한때는 테이프가 늘어지게 들을 정도로 김영동 작곡가의 곡들을 좋아했는데, 새로 출시된 테이프 마지막에 〈쑥대머리〉가 실려 있었다. 중저음의 남자가 부르는 애절한 쑥대머리가 대번에 사로잡았다. 그러나 아무리 따라 부르려고 해도 한 음절도 나아가기 힘들었다. 그때 〈쑥대머리〉만 부를 줄 알면 소원이 없겠다는 생각을 했다. 하지만 판소리를 배우려면 소리의 고장인 전주에 가야 되는 줄 알고, 언제쯤이면 그곳으로 갈 수 있을지 고개만 빼들고 있었다.

　그러다가 운명 같은 우연으로, 집에서 10분 거리에 있는 서울예대 정문 쪽에 소리 강습소가 있다는 것을 알게 되었다. 그리하여 마음에 품은 지 20여 년 만에 소리 선생님을 만나게 되었다. 소리는 하루아침에 배울 수 있는 것이 아니다. 기초 창법을 배우고 배에 힘이 실리기까지에도 많은 시간과 노력이 필요하다. 하지만 어서 〈쑥대머리〉를 부르고 싶었다. 그래서 산공부에 가면 〈쑥대머리〉를 배우기로 마음먹었다.

전 일정이라면 더없이 좋았겠지만, 일도 하고 있고 가족들이 있기에 다녀온다는 그 하나만으로도 하늘을 나는 기분이었다. 강습소 일정은 이미 시작된 상태여서 나는 시외버스를 타고 혼자 인제로 향했다. 산공부 장소는 민족운동가이자 시인인 만해 선생을 기려 만든 만해마을이었다. 우리가 머물며 공부한 곳은 '문인 창작 집필실'이었다.

산공부에 참여하고 있는 소리동료들은 어린 초등학생에서부터 50대까지 연령대가 다채로웠다. 난 40대였다. 함께 밥 먹고 잠을 자면서 생활하지만 소리 공부는 일대일 강습이다. 선생님한테 소리를 받아 배우고, 녹음한 것을 각자 좋아하는 장소에서 복습하는 식이다. 만해마을 주변에는 계곡이나 숲, 산책로 등이 있어서 소리 연습하기에 좋았다.

짧은 일정인 데다가 어렵게 시간을 냈고, 마침 소리에 대한 열정이 차다 못해 넘치고 있었으므로, 남이 해주는 밥 먹고 오로지 소리 연습만 할 수 있다는 사실이 꿈만 같았다. 어린 동료들을 보니 일찍부터 소릿길로 인도해준 그들 부모가 존경스러웠고 그들이 몹시 부러웠다. 어릴수록 감각적으로 익힐 수 있어 그 성장이 빠르기 때문이다. 나이 들어 하려면 그만큼 노력과 시간이 많이 필요하다.

그러나 어쩌랴. 늦게라도 시작했으니 감사한 마음으로 열심히 하는 수밖에 없었다. 나는 간 날부터 연습에 돌입했다. 온갖 창법이 들어 있는 〈쑥대머리〉를 나 같은 새내기가 익히기에는, 시간도 실력도 턱 없이 부족했다. 그러나 실력을 따지기에 앞서 오로지 열정으로 밀고 나갔다. 입소한 날도 선생님이 호출할 때까지 밤늦도록 어둠 속에서 연습했고, 아침이면 가장 먼저 일어나 솔밭에 가서 소리를 질렀다. 낮에는 계곡에 가서 했다. 영화에서처럼 폭포 아래는 아니었지만 계곡의 낮은 폭포에서 내려오는 물소리를 밖으로 튕겨내려 목이 터져라 불렀다.

산중이라 해가 지면 온통 캄캄해져 무서울 법도 한데, 나는 소리 연습에 홀려서인지 개의치 않았다. 하루는 아무리 연습해도 제대로 표현해낼 수 없는 부분이 있어 어둠 속에서 끊임없이 반복했다. 수백 번은 그러고 있을 때 제대로 나오는 순간이 있었다. 나도 모르게 온몸에 전율이 일고, 뜨거운 눈물이 볼 위를 타고 흘러내렸다.

나는 산공부 마지막 일정에 맞춰 들어갔는데 나오기 전날에 발표회가 예정되어 있었다. 그런데 웬일인가. 너무 연습에 매진한 나머지 목이 쉬어서 아예 목소리가 나오지 않았다. 선생님이 건넨 홍삼엑기스도 먹고, 목을 따뜻하게 해서 저녁에는 겨우 목소리가 나와 발표회 때 〈쑥대머리〉를 부를 수 있었다. 사람들 앞에서 처음으로 판소리를 하려니 몹시 떨렸지만 가슴은 벅찼다.

산공부가 끝나고 집에 돌아온 날, 우리 가족은 외식을 하려고 식당으로 가고 있었다. 나는 공원으로 이끌어 가족들 앞에서 〈쑥대머리〉를 불렀다. 그동안 내가 무엇을 했는지 보여주고 싶었다. 가족들은 큰 박수를 쳐주고 칭찬해주었다.

〈쑥대머리〉를 배우고 나면 원하는 게 없을 줄 알았다. 그러나 산을 하나 넘고 나니 또 다른 산을 넘고 싶었다. 그래서 〈춘향가〉를 배우기 시작했고, 한 바탕(한 권)을 다 끝내고 두 번째 익히고 있는 중에 있다. 나는 목청이 좋지도, 장단 감각이 뛰어나지도 않다. 그저 판소리가 좋을 뿐이다. 〈쑥대머리〉를 배우겠다는 도전이 10년을 넘는 배움 길을 터주었다. 그 길 덕분에 숲길을 다니며 흥얼거릴 수 있는 대목이 있다는 것에 작은 위안을 받는 요즘이다.

집게를 사다

오랜만에 마트에 갔다. 식재료 몇 가지 산 뒤 다이소 코너로 갔다. 마트에 간 가장 중요한 일은 집게를 사는 것이었다. 지금 다니고 있는 산에 있는 쓰레기를 줍기 위해서이다. 집게를 사기까지 적지 않은 생각을 했다. 오솔길 옆에 보이는 휴지들이 그냥 휴지들이라면 바로 샀을 것이다. 그런데 혹시 급하게 똥이라도 누고 닦은 것이라면, 그걸 줍는 건 도저히 내 비위에 맞지 않을 것이기 때문이었다. 그러나 마음 한구석에서 계속 집게를 사라고 충동질했다.

코로나19 이후부터 걷기 시작한 산속 오솔길이 내게 얼마나 많은 행복을 주는지 모른다. 그런데 거기에 버려진 쓰레기들이 자꾸 거슬리게 했다. 줍고 싶다는 생각을 했으나 위에서 말한 이유로 용기를 못 냈다. 내 비위가 별로 강하지 못하다는 것을 잘 알기 때문이다.

그런데 어느 날 한 남성이 비닐봉지를 가지고 다니면서 오솔길에 있는 쓰레기들을 집게로 줍는 것을 보았다. 이 모습은 남편이 거처하고 있는 일본 골목에서 나무젓가락으로 쓰레기를 줍던 한 여성의 모습과 종종 겹치며 떠올랐다.

며칠 전 거리를 걷고 있는데 또 쓰레기 줍는 남성을 보았다. 덩치는 산만 하고, 인상도 강한 남성이었다. 그런데 비닐봉지에다 쓰레기를 주워 담으며 지나갔다. 뒤돌아서 그 남자를 보았다. 뒤에 메고 있는 배낭에도 쓰레기가 가득한 것 같았다.

큰딸 초등학교 1학년 때 소풍에 따라갔었다. 보물찾기 놀이도 끝나고 해산을 앞두고 모두가 분주하게 있는데 친하게 지내고 있는 딸 친구 엄마가 조용히 쓰레기를 줍고 있었다. 그때부터 그이를 몇 배나 더 좋게 생각했다.

젊은 부부가 바다에서 쓰레기를 가득 주워서 나오는 광고가 있다. 어떤 사람이 그들에게 묻는다. 그렇게 줍는다고 해서 넓은 바다가 회복되겠느냐고 말이다. 그러자 젊은 남자가 환하게 웃으며 답한다. "적어도 우리가 지나온 길은 깨끗하다"라고. 그 말이 심장을 쿵 하고 건드렸다.

한 TV 방송을 보는데 혈액암 투병을 하던 청년이 회복된 뒤에 산에 오르고 있었다. 그의 손에는 쓰레기봉투가 들려 있었다. 그 산은 청년이 병원에 있을 때 창문으로 늘 바라보던 산이었다. 지독한 항암치료로 혈기왕성한 에너지를 빼앗기며 삶의 의욕이 나락으로 떨어질 때 위안을 준 산이라고 했다. 불안과 두려움이 그의 삶을 바닥까지 갉아먹었을 테지만 작은 불씨 같은 희망을 준 그 산을 자신의 발로 올랐을 때 얼마나 벅찼을까. 청년은 그 감사함을 저버리지 않고 쓰레기 줍는 것으로 답했다.

이렇듯 직업도 아닌데 스스로 쓰레기를 줍는 사람들이 자꾸만 내 눈과 마음에 걸려들어 빠져나가지 못했다. 그러는 걸 보면 나도 그래야 하는 사람인 게 맞다. 그것이 내 가치인 것이다. 그들은 내가 따라야 할 사람들이고, 나는 그들을 나와 동일시하고 있었는지 모른다. 리베카 솔닛은 《멀고도 가까운》에 이렇게 썼다.

동일시라는 말은 나를 확장해 당신과 연대한다는 의미이며, 당신이 누구와 혹은 무엇과 스스로를 동일시하느냐에 따라 당신의 정체성이 구축된다.

큰 아이 소풍 때 쓰레기 줍던 딸 친구 엄마, 산길에 버려진 쓰레기를 줍던 사람, 길거리에 버린 쓰레기를 주워가던 남자, 그리고 환한 얼굴로 쓰레기를 주워가며 산을 오르던 청년, 심지어 바다의 쓰레기를 줍는 광고마저 나는 그냥 지나치지 못했다. 그래서 오랜 시간이 지난 일도 선명하게 기억되고, 최근 본 그들의 모습도 오래도록 지워지지 않을 것이다. 그냥 마음속에 들어오기만 한 것이 아니라, 때로는 부끄러움을 주기도 하고, 때로는 가슴이 충만해지고 환해지는 기분을 느끼게도 했다. 공통점은 모두 큰 감동을 주었다는 점이다. 그것들은 쉬워 보이는 일이지만 결코 쉽지 않은 일이다. 그리고 작지만 큰 파동을 안겨주었다.

　그래서 나도 집게를 샀다. 덕분에 많은 즐거움을 주는 오솔길에게 조금이라도 답할 수 있는 기회도 생겼다. 이제 들고 나가기만 하면 된다.

　집게를 사두고 바로 들고 나가지는 못했다. 하지만 이제는 산책을 하면서 주워야겠다는 생각이 드는 날이면 쓰레기봉지와 함께 들고 나간다. 무슨 일이든 처음 한 번이 어렵지 그다음부터는 용기 내지 않아도 어렵지 않게 할 수 있다.

지는 건 잠깐

함민복의 시가 떠올라 그의 시집을 꺼내들었다. 원래 찾으려고 한 것은 "하늘에 신세 많이 지고 살았습니다"라는 내용이 들어간 시였다. 요즘 숲에 신세를 많이 지고 있기 때문이다. 그런데 〈산〉이라는 시가 먼저 눈에 들어왔다. 읽고 나니 코끝이 시큰했다. 가을이어서인가, 중년이어서인가 하면서 시 노트에 베껴 썼다. 숲에서도 읽으려고 휴대폰에 찍어두었다.

베껴 쓴 지 사흘인가 지나 산에 갔을 때 갤러리를 열어 다시 읽었다. 숲속이어서인지 느낌이 그때와 또 달랐다. 결국 마지막 대목에서 울컥하면서 그때보다 더 코끝이 시큰했다.

살아가면서
늙어가면서
삶에 지치면 먼발치로 당신을 바라다보고
그래도 그리우면 당신 찾아가 품에 안겨보지요.

그렇게 살다가 영, 당신을 볼 수 없게 되는 날

당신 품에 안겨 당신이 될 수 있겠지요.

- 함민복, 〈산〉 가운데

"당신을 볼 수 없게 되는 날 당신 품에 안겨 당신이 되겠지요"라는 말이 가슴을 아리게 했다. 말로는 표현하기 힘든 신비감마저 들었다. 지치고 힘들 때 찾던 산을 더 이상 갈 수도 없고, 더 나아가 생명이 아예 스러졌을 때 비로소 산이 된다는 말이 너무 아름다워 이 세상 말이 아닌 것 같았다. 나를 넘어서고, 내 삶을 넘어선, 즉 삶을 초월한 자가 할 수 있는 말이 아닐까 생각했다.

지금 시대야 많이 달라졌지만 예전에는 삶을 마치면 대부분 산으로 갔다. 그래서 산에는 봉긋한 무덤들이 생겨났다. 그런데 왜 나는 무덤은 산이 아니라고 생각했을까? 무덤도 엄연히 산의 한 부분을 채우고 있지 않은가. 그 안으로 들어가게 된 육신이 낱낱이 흩어진다 해도 뼈가 남는다는 생각 때문이었을까? 그래서 사람은 완전히 숲으로 환원되지 않고 마치 세 들어 사는 것 같다는 편견을 가지고 있었을까? 아니면 사람과 산은 본질 자체가 다르다고 생각하고 있었는지 모른다. 욕망을 향해 달리고, 경쟁하고, 고뇌하고, 시기 질투하면서 산 세월을 어찌 산과 같다고 말할 수 있는가 하고 말이다. 시인처럼 산과 바다와 땅을 가슴에 담고 산 사람만이 생각할 수 있는 말일지도 모르겠다.

그렇다 해도 죽음이라는 말 앞에서는 무력해진다. 아무리 내가 의지하고 좋아한 대상과 하나가 된다고 해도 말이다. 긴 세월을 살고서도 막상 떠날 때쯤 되면 그 세월이 마치 한나절 정도로만 여겨지면서 설핏 꾼 꿈처럼 느껴지지 않을까? 운이 좋아 사랑하는 가족들이 바라보는 앞에서 마지막 숨을 거두게 될 때, 가족들의 눈빛을 어떻게 남겨두고 떠날 수 있을까.

"아침에는 죽음을 생각하는 게 좋다"라는 말이 있지만 죽음을 생각하기엔 숲만 한 곳이 없다고 생각한다. 잎이 돋고, 꽃이 피고 스러지는 과정들이 생각보다 너무 빠르기 때문이다. 최영미 시인도 〈선운사에서〉란 시에서 "꽃이 피는 건 힘들어도 지는 건 잠깐"이어서 골고루 쳐다볼 틈이 없다고 했다.

나무는 일 년에 한 번 죽음의 시간 속에 들어가지만 우리는 날마다 밤이면 죽음의 시간에 들어갔다 나온다. 그런데도 죽음을 많이 떠올리지 않는다. 자주 살아나기 때문일 수도 있겠다. 나만 해도 오십이 되어서야 조금씩 떠올렸다. 자주 그런 것도 아니다. 가까운 이가 세상을 떠나거나 내 몸에 크고 작은 병이 생기면 자연스럽게 떠올렸다. 하지만 시간이 지나면 또 잊는다.

그러므로 숲에 들어오거나 죽음을 떠올리게 만드는 시를 만나는 일은 행운이 아닐 수 없다. 지금의 나와 시간을 다르게 받아들일 수 있기 때문이다. 죽음을 떠올리면 내게 오는 날들이 날마다 새롭고 소중하게 다가온다. 봄꽃들이 피었다 지는 시간은 얼마나 짧고, 계절이 바뀌는 동안 나무들은 얼마나 치열하게 몸을 바꾸는 가를 본다면 최소한 내 삶은 어디에 와 있는지, 어디로 가야 하는 지 살피게 된다. 지난 시간을 되짚고 지금의 시간을 조율하며 앞으로의 삶을 짜보기도 한다. 이런 것들이 자꾸 나를 숲으로 가게 만드는지도 모른다.

그래서 나는 점심을 먹으면 오후 햇살을 머리에 이고 숲에 오른다. 돌아올 때쯤에는 산에서 만난 죽음과 생명들이 주렁주렁 내 몸에 달려 있다.

격정 말아요, 그대

내 발소리가 정겹게 들려온다. 발소리뿐 아니라 나뭇잎 떨어지는 소리까지 들릴 정도이다. 숲이 아니면 발소리에 귀를 기울인 적이 있었던가. 아니, 기울이지 않아도 자연스레 들리는 고요의 공간이다.

많은 사람을 만나고, 그들과 많은 이야기를 나누고 되돌아오는 길에선 공허함이 밀려오고 후회가 될 때가 많다. 하지만 숲속은 다르다. 늘 정겹고 감사한 마음을 안겨준다. 숲은 내 바로 주변에서 일어나는 소리조차 들을 수 없었던 지난날의 시간을 역전시켜준다. 고요의 시간이 얼마나 귀한지 깨닫게 해준다.

그저 내 감각이 읽어 들이는 것을 인지하는 것만으로도 행복하다는 사실이 벅차다. 심장을 뜨겁게 하는 멋진 문장을 만나거나, 마음을 어루만져주는 감미로운 선율을 듣거나, 아름다운 그림을 만나는 것과 다르지 않다는 것을 가을 숲이 전해주었다.

가을 숲이라 하면 보통은 아름다운 단풍을 떠올릴 것이다. 그러나 단풍에게 뒤지지 않는 것으로 발걸음 소리도 있다니 대단한 발견을 한 기분이었다. 그러므로 새소리나 물소리만 아름답다 여기는 것은 큰 착각이 아닐 수 없다. 그런데 그 작은 걸음 소리에 기쁨을 느낀 건 직전에 만난 아기 단풍나무 때문이었는지도 모른다.

숲으로 막 들어서는데 단풍잎이 보였다. 손가락 정도로 작은 잎이 붉은색으로 물들어 있었다. 혹시 떨어진 잎인가 해서 살짝 들춰보니 세 가닥으로 뿌리내린 아기나무였다. 조금 위에도 작은 단풍나무가 있었지만 그보다는 훨씬 큰 것이었고, 여전히 초록빛으로 성성하게 서 있었다. 헌데 그 어린 것이 벌써 겨우살이 준비를 마쳤다고 생각하니 눈물겹지 않을 수 없었다.

그 주변 어디선가 날아온 씨앗이 싹을 틔우고 자라나 겨우 자리를 잡았을 것이다. 너무 가늘어서 조금만 센 바람이 불어도 금방 꺾이거나 쓰러질 것 같고, 누군가가 모르고 밟았다면 다시 살아나기도 어려울 만큼 작은 것이 제 살 궁리도 다한다 싶었다. 스스로 약한 것을 알아차리고 일찌감치 몸단속에 나선 것인가 생각하니 감동받지 않을 수 없었던 것이다.

그런 단풍나무를 보고 난 뒤에 발걸음 소리를 들었다. 그 감동이 채 가시기 전이었기에 색다르게 들려왔을 수도 있다. 내가 내 발소리에 취하기도 하는 가을 숲이라니, 아직 단풍 들지 않은 숲길에서 내 몸이 단풍이 된 듯 기뻤다. 그러고 나니 몸도 훨씬 가벼워진 것 같았다. 쓸데없는 욕심 몇 가지가 빠져나가고 그 자리에 단풍물이 들었던 것일까.

그러면서 문득 〈걱정 말아요, 그대〉가 떠올랐다. 집에 돌아와 이 노래를 큰 소리로 재생시켰다.

> 그대여 아무 걱정하지 말아요
> 우리 함께 노래합시다
> 그대 아픈 기억들 모두
> 그대여 그대 가슴에 깊이 묻어버리고
> (중략)
> 그대는 너무 힘든 일이 많았죠
> 새로움을 잃어버렸죠
> 그대 슬픈 얘기들 모두 그대여
> 그대 탓으로 훌훌 털어버리고

거친 음색의 전인권 목소리로 먼저 듣고, 이적의 노래로 다시 들었다. 이적의 목소리가 부드럽게 가슴에 파고들면서 어루만져주었다. 가녀린 아기단풍나무조차도 힘을 내어 살아가고 있으니 걱정 말라고 말하는 듯했다. 가사 하나 하나가 마음속 깊숙이 스며들면서 긴 시간 외부와 단절되어 살아가는 우리에게 위로를 전해주는 것 같았다.

새끼손가락처럼 작은 나무에게서조차 적지 않은 위로와 힘을 얻을 수 있다니, 가슴 뜨거운 오후 산책이었다.

참, 아름다운 것을 보았네

사흘 만에 오솔길로 들어섰다. 언덕길을 살짝 오르자마자 걸음을 멈추고 말았다. 바람이 부는 것도 아닌데 잎들이 쏟아져 내리고 있었다. 얼른 동영상을 찍었다. 그리고 다음 글과 함께 SNS에 올렸다.

아름다운 것을 보았네

와르르 새떼가 떨어지는 광경을
나는 보고 있네
빙그르르 돌며
아래로 아래로 내려앉는
새들을 보고 있네
날개마저 버리고
한껏 가벼워진 새들이

마지막으로 소리 내 울면서
쌓인 새떼들 위로 포개 눕는 모습을

나는 한참을 보고 있네

참, 아름다운 것을 보았네
아름다운 가을을 보았네

눈 내리듯 떨어지는 잎들을 보면서 황홀감에 빠져 있다니, 중
년 여자에게 있을 수 있는 일인가. 벌써 한 해가 다 가고, 곧 한 살
더 먹을 생각에 공허감을 느껴도 모자랄 판이 아닌가. 무엇 때문인
지 모르겠다.

그런 광경을 본 적이 있었던가, 생각해보니 기억이 안 난다. 한
참 사진 배우며 촬영 다닐 때 양재천 부근에서 은행잎이 바람에 흩
날리는 것을 본 적이 있기는 하다. 그러나 숲에서 보는 것만큼 큰
감동은 아니었던 것 같다.

잎이 떨어지면서 나무들 위에 얹힐 때 들리는 소리를 들어본
적이 있었던가. 역시 없다. "낙엽이 우수수 떨어질 때"라는 가사가
있는 것을 보니 귀한 장면은 아닌 것 같은데 내게는 떨어지는 모습
과 소리가 남다르게 다가왔다.

물이 다 빠져나가고 바짝 마른 잎이 빙글빙글 돌면서 내려오는

모습은 새를 연상시켰다. 가벼워야 날 수 있는 새. 그런데 그 가벼운 새가 날개마저 버리고 무욕의 상태가 되어 자연으로 귀의하는 것처럼 보였다.

30여 분을 앉아 바라보다가 걷기 시작했다. 나도 모르게 입에서 〈사랑가〉가 흘러나왔다. 걷다가 멈춰 서서 부르고, 다시 걷다가 부르고, 다 부르면 다시 처음으로 돌아가 "이리 오너라 업고 놀자"를 반복하며 불렀다. 왜 갑자기 〈사랑가〉가 툭 튀어나왔는지 모르겠다.

아름다운 광경을 보았기 때문일까? 새로운 광경을 보았기 때문일까?

이렇게 오랫동안 숲을, 그것도 같은 곳을 다닌 것은 처음이다. 그러니 하루도 같지 않은 모습을 오감으로 느낀 것도 내 생애 처음이다. 멀리서 보면 통변화만을 알 수 있다. 벚꽃이 피었구나. 나무가 푸르러졌구나, 물이 들었구나, 잎이 떨어졌구나 정도이다. 그 자체로도 감동을 얻을 수 있겠으나 날마다 조금씩이라도 변화하는 모습을 옆에서 지켜보는 행복과는 차원이 다르다.

그러하니 키가 큰 나무들에서 와르르 잎들이 쏟아지는 광경을 맞닥뜨렸을 때의 황홀경이 〈사랑가〉로 흘러나왔으리라. 죽은 듯 말라 있던 가지에서 새순이 돋는 것에서만 놀라운 기쁨을 얻는 것은 아닌 것이다.

"우리가 서로 사랑하는 동안 / 함께 서서 바라보던 숲에 / 잎들이 지고 있습니다"라는 도종환 님의 〈가을비〉라는 시가 있다. "내일 이 자리를 뜨고 나면 바람만이 불겠지요"라면서 바람 부는 동안 많은 이들이 서로 사랑하고 헤어져 그리워하면서 한 세상 살다가 갈 것이라는, 좀 쓸쓸한 구절로 이어지고 있다. 하지만 나는 쓸쓸함 대신 숲의 경이로움에 놀라고 가슴이 벅차올랐다.

한가로운 시간 속에서 그날그날의 시간에 나를 담고, 있는 그대로의 나를 받아들이는 연습이 숲을 통해 얻어졌기 때문일 게다.

진짜로 새들도 생의 끝에서는 날개마저 버리고 숲 어딘가에서 나뭇잎처럼 떨어져 산과 한 몸이 되지 않을까?

나도 그럴 수 있을까!

길을 잃고, 길을 찾다

뒷산은 해발 100여 미터에 지나지 않지만 펑퍼짐하게 퍼져 있어서인지 안으로 난 길은 여러 개다. 그동안 걸었던 오솔길이 안쪽에 있는 유일한 둘레길이고 나머지는 다 정상으로 가는 길인 줄 알았다.

하루는 오솔길을 한 바퀴 돌고 난 뒤, 쳐다보지도 않던 급경사로를 올려다보았다. 더 이상 생각할 것도 없이 발이 그곳으로 향했다. 아주 오래전에 하필이면 완경사를 놔두고 가장 힘든 그 코스로 올랐었다. 그 뒤로 두 번 다시 쳐다보지도 않은 길이었다.

그런데 날마다 산을 찾다시피 해서 체력이 좀 붙었나 보다. 분명 몸은 그것을 알았던 게다. 급경사로를 쳐다보았다는 것은 오를 수 있다는 신호였을 것이니 말이다. 둘레길 걸을 때도 중간중간 뜀박질까지 하는 경지에 이르렀으니 현재 내 몸에 그 정도의 에너지가 차 있다는 말이겠다. 그걸 증명하듯 거뜬거뜬 정상까지 올랐다. 힘들었던 기억은 20년 넘도록 오를 생각을 못하게 했는데, 7개월 넘게 숲길 다니면서 얻은 힘은 단숨에 오르게 했다. 참 감사했다.

힘이 생기면 새 길이 보이는 법이다. 기운이 없으면 제 몸 하나 추스르기도 힘들어서 멀리 볼 수도 없을뿐더러 호기심도 생기지 않는다. 그저 어깨가 땅에 닿을 듯 고꾸라질 것 같은 걸음으로 기다시피하며 걸을 것이다. 이날 내겐 위를 쳐다볼 새 힘이 났고, 가뿐히 오른 뒤엔 여러 길들을 만났다.

정상으로 올라갔다가 내려오면서 만난 둘레길이 여러 개 있었다. 적어도 현재 찾은 곳은 세 곳이다. 거기에다 오르내리는 길들이 교차하고 있어 마치 미로 속을 걷는 느낌이었다. 그래서 그 길들이 어디로 이어져 있는지도 모르고 그냥 돌고 돌았다. 내려오다 보면 날마다 걷는 길과 만나기도 했다.

신이 났다. 1,950미터나 되는 한라산도 아니고, 2박 3일에 걸쳐 등반했던 지리산도 아니므로 걷다가 만나는 길을 따라 내려오면 되었다. 새 길을 안 것만이 기뻤다. 그 길들을 탐방(?)할 과제가 산속에 놓여 있는 것 같아 심장이 두근거렸다.

무엇보다 길을 잃고, 길을 찾을 수 있는 것이 가장 신나는 일이었다. 우리 삶도 그러하다면 얼마나 좋을까. 시간도, 장소도 잊은 채 흥에 겨워 놀다가 다시 걸어갈 길이 있다면 말이다. 잡힐 듯 잡히지 않는 코로나19 바이러스가 우리를 갈팡질팡하게 하고 있다.

삶의 방법을 다시 찾아야 살아갈 수 있는 시대가 되었다. 어제

하던 일을 잃은 청년이, 중년이, 노인이 다시 제 살 길을 잘 잡는다면 얼마나 좋을까? 오가지 못하는 남편과 내가 언제 만날지 알 수 있으면 얼마나 좋을까? 코로나 우울 속으로 점점 빠지고 있는 지구촌이다.

하지만 대한민국에 있는 한, 지구촌에 있는 한, 아니 살아 있는 한, 길을 잃어도 괜찮을 것이다. 살아만 있다면 다시 찾을 수 있을 것이기 때문이다.

주문한 식품과 함께 온 카드에 《반지의 제왕》을 쓴 J. R. R. 톨킨의 시 일부가 씌어 있었다. "헤매고 다니는 자가 모두 길을 잃은 것은 아닙니다"였다. 그렇다면 내가 산에서 '길을 잃고 길을 찾은 것'이 아니라, 헤매고 다니다 길을 찾은 것이라는 말? 실은 다니면서도 잃었다는 생각보다는 그 길이 어디로 이어지는지 궁금해서 이리저리 돌아다녔다. 그래서 이제는 같은 둘레길을 반복해서 돌지 않고, 새로 찾은 둘레길까지 돌고 있으니 그 말이 맞다.

우리들도 잠시 헤매고 있는 것이리. 헤매고 있는 우리들 모두가 더 좋은 길을 찾으면 좋겠다.

이런 시름 속에서도 가을 냄새가 코끝에 다가왔다.

날마다 읽고 쓰다

계곡 낭떠러지 부근에 오면 한 차례 서서 앞을 바라본다. 쭉쭉 뻗은 나무들이 눈부신 오후 햇살을 받고 있는 모습이 발길을 잡기 때문이다. 경사가 져 있는 데다, 가을이 깊어지면서 그곳에 있는 나무들은 잎을 더 빨리 떨어뜨렸다. 그리하여 막혀 있던 시야가 트이고 해방감이 느껴진다. 그래서 나도 모르게 멈춰 서서 앞을 바라본다.

같은 산에 있는 나무라 해도, 물이 드는 것이나 잎이 떨어지는 시기는 저마다 달랐다. 같은 나무에서도 마찬가지였다. 이곳의 나무들은 일찌감치 말끔하게 떨어뜨려서 나무와 나무 사이의 여백이 빨리 드러났다. 그전에는 무성하여 숲 밖 풍경이 전혀 드러나지 않았는데 요즘은 나무들 사이로 아파트들이 보인다.

빈 가지에 눈곱 같은 싹을 틔운 봄부터 여름을 지나 가을을 맞기까지 나무들은 얼마나 치열한 시간을 살았을까? 조용해 보이는 그 속에서도 아마 숨 가쁘게 달렸을 것이다. 정해진 시기에 잎을 내고, 꽃을 피우고, 열매를 맺어야 하는 일이 그들에게는 종족을 보존하는 일이니 안 그렇겠는가.

그 바쁘고 치열했을 시간을 지나 침묵 속에 든 나무들을 보고 있자니 마치 올해의 내 모습을 보는 것 같았다. 느지막이 일어나 간단한 음료와 과일 정도로 가볍게 아침을 때우고 서너 시간 뒤 점심을 먹은 뒤 숲에서 산책하며 한가로이 지내고 있으니 말이다.

코로나19가 오기 전까지만 해도 참 치열하게 살았다. 흘러가는 시간을 그냥 두지 못하는 성미 때문이다. 끊임없이 무언가를 배우고, 목표를 세워서 그걸 이뤄내느라 무던히도 애를 썼다. 어린 중학교 때에 잠이 안 오는 약을 먹으며 시험공부 하던 사람이니 어지간히도 고단하게 사는 사람이다.

지난 시간 속에서 가장 치열한 때를 꼽으라면 바로 독서프로젝트를 할 때가 아닌가 싶다. 나는 어쩌자고 다른 것들을 제쳐두고 책을 선택했을까? 여행이라든가, 걷기로도 가능했을 터인데, 날마다 책을 한 권씩 읽고 리뷰까지 쓰기로 하다니! 그것도 한 달이나 석 달도 아닌 1년 365일을 말이다. 9년 전이니 패기도 한몫했을 터, 지금이라면 두 손을 절레절레 흔들고 말 것이다.

40대 중후반을 걷고 있던 내게 큰 물음이 있었다. 그 하나가 '후반 인생을 어떻게 살 것인가?'였다. 그리하여 1년 동안 책을 읽으며 그에 대한 답을 찾아보기로 한 것이다.

이제 '인생 100세 시대'라는 말이 나올 정도로 수명이 길어지고 말았다. 따라서 늘어난 노년을 설계해야 하는 일은 피할 수 없는 현실이 되었다. 중년까지 해온 일을 노년에도 계속 할 수 있다면 그처럼 행복한 일은 없을 것이다. 그러나 많은 직장인들 가운데엔 명예퇴직이나 은퇴를 피해가기 어렵다.

독서프로젝트를 할 때 난 청소년 대상으로 독서와 글쓰기 관련 일을 하고 있었다. 그러나 그들과 점점 나이 차가 벌어지면서 그 일에서 손 놓아야 할 때가 오고 있음을 느끼고 있었다. 그리고 50이 넘으면 진짜로 내가 하고 싶은 일을 하면서 살고도 싶었다.

이 큰 물음을 해결하기 위해 책을 읽겠다고 한 것이 내게는 가장 자연스런 일이었다. 책은 초등학교 때 만난 이후로 내 삶의 중심에 있었다. 삶의 방향을 알려주고, 현재의 인격과 품성을 길러주었으며, 어려움을 잘 견딜 수 있는 단단한 뿌리를 내려주었다. 그러므로 책을 선택한 것은 가장 자연스런 일이었다.

그런데 꼭 날마다 한 권씩 읽어야 했을까? 정약용 선생은 "무릇 책을 읽은 동안 한 자라도 모르는 것이 나오면, 세밀하게 연구하고 그 원리를 깨달아 글 전체를 이해할 수 있어야 한다. 날마다 이런 식으로 읽는다면 책 한 권을 읽더라도 수백 권을 엿보는 것이다"라고 하였다. 백 번 맞는 말이다. 100권을 읽어도 주마간산 격으로 읽는다면 한 권도 읽었다고 할 수 없을 것이다.

하지만 이때 나는 책 한 권을 깊이 읽으면서 어떤 큰 깨달음을 얻거나 연구를 위한 것이 아니었다. 어떤 문제를 해결하기 위해 날마다 산에 오르거나 마라톤을 하는 것으로 보면 된다. 내게는 책이 산이고, 마라톤이며, 여행이었다. 열심히 산을 오르고, 마라톤을 하다가 어느 날 답을 찾듯 책을 읽다 보면 내가 구하는 답도 얻어질 것이라 생각했다.

이 기나긴 도전을 위해 일상을 통제해야 했다. 먼저 잠자는 시간을 줄였다. 야행성인 내가 알람을 맞춰놓고 새벽 5시경에 일어났다. 아주 중요한 일이 아니면 모임이나 만남도 피했다. TV도 보지 않았다. '공표의 효과'를 얻기 위해 주위 사람들에게 말을 퍼트렸다. 믿을 수 없다는 말이 되돌아와 오히려 오기를 키워주기도 했다.

그렇게 꼬박 1년 동안 날마다 한 권씩 읽었다. 노트를 옆에 놓고 읽으면서, 밑줄 그은 문장을 베끼고 양이 많은 것은 복사했다. 그 노트가 13권이다. 다 읽고 난 뒤에는 블로그에 리뷰를 남겼다. 한 권도 빠짐없이 365편을 썼다. 읽는 것으로도 벅찬데, 2~3시간이나 걸리는 리뷰까지 남긴다는 것은 결코 쉬운 일이 아니었다. 얇은 것을 읽었느냐 하면 그렇지 않다. 300페이지 전후의 책이 많다. 그것이 가능했던 것에는, 어려서부터 꾸준히 책을 계속 읽어 왔기에 남들보다 빠르게 읽을 수 있는 힘이 길러졌기 때문이다. 도전을 좋아하는 기질도 플러스로 작용했다.

당시 두 딸은 고등학생이었다. 일을 하면서도 일주일에 이틀을 제외하고 5일 동안 수강하는 강좌도 있었다. 토요일은 오전 10시부터 오후 5시까지였다. 비교적 큰 수술을 한 지 한 달 정도밖에 안 된 상태에서 시작했는데 잠자는 시간은 많아야 5시간, 적게는 서너 시간이었으니 어떤 날은 머리가 지끈지끈했다. 그래도 포기할 수 없었다.

몸은 힘들고, 지치기도 했지만 하루하루 목표를 이뤄가면서 성취감을 얻었다. 책을 읽고, 글을 쓰는 것은 내가 가장 좋아하는 것이기에 즐거운 일이었다. 점차 시간이 지나면서 답을 얻어야겠다는 것보다는, 읽고 쓰는 과정 자체를 즐겼다.

하루가 모여 열흘이 되고, 한 달이 되더니 일 년이라는 시간도 왔다. 신기하게도 일 년이 가까워질 무렵에 답을 얻었다. 그것은 '맑고 아름다운 영혼을 갖고 싶다'는 것이었다. 고생한 대가로 치기엔 그 답이 너무 추상적이었다. 그러나 '맑고 아름다운 영혼'을 가지면 어떤 일을 하든지 진정성 있게 해낼 수 있을 것이기에 답을 얻은 것만으로도 기뻤다. 구체적인 답변을 얻지 못했어도, 힘든 과정을 견디면서 얻은 희열이 있었고, 책과 교감하는 기쁨을 충분히 누렸으므로 대만족이었다. 무엇보다 나에 대한 신뢰감이 높아져 나 스스로에게 감동했다.

그리고 바로 결과를 얻지 못한 것 같지만 그렇지도 않다. 읽고 쓰는 동안 내 문장력과 통찰력은 깊어졌을 것이다. 네이버 파워블로거로 선정되는가 하면, 책블로거로서 TV 방송에도 출연하고,

책을 쓰는 여정으로까지 이어졌다. 결국 나는 50대에 내가 가고 싶었던 길을 갈 수 있었다. 읽고 싶은 책을 맘껏 읽고, 책을 2권 출간하고 지금 세 번째 책을 쓰고 있다. 강의 활동도 하고 있다.

그때와 지금을 견주면 극과 극의 상태라 할 수 있다. 지나고 보니 그 시간도 나를 살찌운 아름다운 시간이지만 한가로이 지내는 이 시간도 더없이 아름답다. 치열한 시간을 지나왔기에 지금의 이 시간이 더욱 달콤한 것도 알겠다.

지금 고요하게 서 있는 나무들도 달달한 시간을 건너는 중일 게다.

숲을 조율하다

'숲 냄새가 났다. 가을, 밤에 가까운 시간의 숲. 바람이 나무를
흔들어 나뭇잎이 바스락바스락 우는 소리를 냈다. 밤이 되기
시작한 시간의 숲 냄새.'

배송되어온 책 더미 위에 위의 문장이 씌어 있는 엽서가 얹혀
있었다. 책방 주인장이 인스타그램에서 내가 숲 산책을 많이 다니
는 것을 보고 떠올랐다고 한다. 끝에 '양과 강철의 숲에서'라고 씌
어 있는 것을 보고 바로 주문을 넣었다. '양과 강철의 숲', 너무 낯
설고 이질적인 조합이어서 위의 문장을 만나지 않았다면 나와의
인연은 쉽지 않았을 터이다.

책을 받아 펼쳐보니 단숨에 나를 매료시킨 그 문장은 첫 문장
이었다. 소설 속 주인공 도무라는 학교 체육관에서 우연히 피아노
조율하는 것을 지켜본 뒤 조율이라는 숲을 만나게 된다. 조율사가
피아노 건반을 몇 군데 두드렸는데도, '뚜껑이 열린 숲에서 나무들

이 흔들리는 냄새'를 느꼈다고 할 정도로 예민한 감성을 지녔다. 고등학교 진학을 위해 도시로 나오기 전까지 그가 자란 산골에서 얻은 감성이었다. 조율사가 그랜드 피아노 뚜껑을 열었을 때에는 그 뚜껑이 마치 크고 까만 날개처럼 보였다고 말한다.

결국 조율학교에 들어간 도무라는 자신이 살던 산골로 돌아가지는 못하지만 고향의 숲과 경치를 피아노에서 만난다. 좋아하는 것과 재능 사이에서 많은 갈등과 고민을 하면서도 숲으로 걸어가듯 발 한 발 내딛는다. 성장하면서 그가 어디에 있으면 좋을지 모를 감정이나 어디에 있어도 침착해지지 않는 위화감을 느낄 때 그것을 날려주는 것은 숲에서 만난 것들이었다. 흙과 풀을 밟는 감촉과 나무 위에서 들려오는 새소리 또는 멀리서 들리는 짐승 소리들, 그리고 숲을 혼자 걷고 있을 때에 괜찮다고 느끼던 것들이었다. 도무라는 그런 숲의 느낌을 피아노 조율로 재연하고 싶어 했는데 많은 시간과 노력을 들여서 이뤄낸다.

책을 읽는 동안 내가 늘 다니고 있는 뒷산이 떠올랐다. 읽고 난 뒤에는 뒷산이 피아노라는 상상도 되었다. 생긴 모양도 그랜드 피아노와 닮았다. 새들이 지저귀는 소리나 장마가 지난 뒤 흐르는 계곡물 소리, 바람이 지나갈 때 나뭇가지들이 부딪는 소리들은 피아노 선율처럼 아름답다. 계절이 바뀔 때마다 저마다 다른 빛깔과 모습으로 아름다움을 뿜어내는 풍경들 역시 피아노 숲에서 나오는 음악이다. 작곡가들도 아름다운 풍경을 멋진 곡으로 만들어내니 그 풍경들은 이미 선율을 품고 있는 존재들이다.

숲에 들어섰을 때에는 내 몸이 손가락 되어 숲속에 있는 건반을 누르며 연주한다는 상상도 했다. 발소리나 숨소리, 감탄사 등을 비롯해 솟아오르는 기쁨들 역시 숲이라는 피아노가 빚어내는 아름다운 소리라 여겼다.

한 발 더 나아가 뒷산은 내 인생이라는 피아노 숲이고, 내가 그 속으로 들어가 스스로 내 삶을 조절하는 조율사라는 상상도 했다. 일 년 가까이 보내고 있는 숲에서 만난 풍경들은 내 삶을 일깨워주고, 돌아보게 하고, 조율해주면서 적지 않은 힘을 키워주었다. 숲에서 만난 것들은 내 스승이며 친구이고 치료사였다. 그리고 자유로움도 주었다.

웬만한 것들은 앞서 썼기에 생략하고 어린 시절의 본능이 되살아나는 순간에 대해서 약간 덧붙이고 싶다. 실은 '솟구친다'라는 느낌을 받았는데 점잖게 '되살아난다'라로 쓴다. 오솔길에 쓰러진 아카시아 나무가 있다. 길이나 굵기가 대단한 그것이 태풍에 쓰러졌는지 모르지만 윗부분이 다른 나무에 걸쳐 있어 마치 다리처럼 누워 있다.

그 옆을 지나갈 때면 나도 모르게 본능이 솟구쳐 아카시아 나무 위로 올라간다. 그리 높지 않아도 겁이 있어 서너 발자국 걷는 것에 지나지 않지만 잠시 올라갔다 내려오면 몹시 기분이 좋다. 어렸을 때처럼 뛰어내려보고 싶은 충동도 느낀다.

고향집 앞에 논이 있었다. 논을 에워싼 한쪽 둑이 꽤 높았다. 나는 그 높은 쪽에서 논으로 뛰어내리곤 했는데 높이를 조금씩 높여갔다. 뛰어내리는 것이 성공했을 때에는 짜릿한 기분을 느꼈다. 그 성취감은 살아가면서 무언가를 계획하고 이루어내게 하는 자신감에 한몫했을 것이다.

그리고 중년이 된 내가 아카시아 나무 위를 살짝 올라갔다 내려오는 것만으로도 심장이 두근거리고 어린 시절의 내가 달려 나왔다. 그러면서 '이것이 자유로구나. 자유를 얻으니 내 몸이 하고픈 대로 두는구나!' 하는 생각에 이르렀다. 이처럼 숲에 오면 몸에 잠들어 있는 어릴 적 본능이 그대로 일어서고 나는 그것을 그대로 받아준다.

"초조해하면 안 됩니다. 차근차근, 차근차근입니다."

열일곱 살 때 도무라를 매료시키게 한 조율사 이타도리 씨가 앞으로 나아가지 못해 조바심 내는 그에게 한 말이다. 동시대를 살아가는 우리들 대부분이 자주 느끼는 감정이다. 생각한 바를 빨리 성취해내고 싶은 것이 일상화된 사회에서 살고 있으니 누군들 안 그렇겠는가. 그런데 아카시아 나무 위를 올라갔다 내려오고 난 뒤에는 그런 조급함이 사라졌다. 그 간단한 행위 하나가 어떻게 그럴 수 있을까 싶지만 말이다. 어렸을 때 놀면서 느낀 성취감은 분명 조급함과는 다르다는 것을 알 수 있다.

이번엔 "어떻게 차근차근해야 하며, 어떻게 차근차근해야 올바른지" 묻는 도무라에게 이타도리 조율사는, "우리가 하는 일에 옳고 그름의 기준은 없습니다. 올바르다는 단어를 쓸 때에는 조심하는 게 좋아요"라고 답한다. 우리는 얼마나 쉽게 옳고 그름을 판단하는가. 그러나 이타도리는 뛰어난 조율사임에도 신중하라고 말한다. 게다가 옳고 그름의 기준이 없다고 한다. 그 문장을 읽는 순간 속이 다 시원했다. 우리들은 살아오면서 얼마나 많은 평가를 받아 왔는가. 그의 축적된 경험에서는 그름도 결코 그름이 아니었다는 것을 알고 있는 것이리라.

한가한 시간을 잘 지내고 있는 내게도 갑자기 조바심이라는 놈이 나타나 설레발치는 날이 있다. 그런 날에는 '이렇게 마냥 시간을 보내도 되는 것일까?'라는 자아성찰과 대면하게 된다. 그러나 적어도 조용한 숲속을 걷고 나면 그런 마음들이 수굿해진다. 도무라의 생각처럼 일에서뿐만 아니라 살아가는 방식은 비교할 수도 없을뿐더러 비교할 의미도 없다. 여러 사람에게 가치가 없는 것도 어떤 한 사람에게는 소중한 것일 수도 있기 때문이다.

숲에서 걷는 행위는 삶의 군더더기를 걷어내는 일이다. 나를 긍정하는 일이며, 내게 힘을 실어주는 일이다. 어떤 삶이 옳고 그르다는 판단도 버리게 한다. 내가 꿈과 목적을 위해 치열하게 살아온 삶도, 지금처럼 모든 것을 내려놓고 한가하게 살아가는 삶도 옳거나 그르다고 말할 수가 없는 것이다. 정말로 옳은 삶이 있다면, 자신의 삶을 소중히 여기고, 거기에 최선을 다하는 정도가 아닐까? 거기에 하나를 더한다면 삶을 사랑하는 것, 그것이 기본 중의 기본일 것이다. 그러나 누구든 소중히 여긴다면 사랑하지 않을 수 없으리.

"밝고 조용하고 맑고 그리운 문체, 조금은 응석을 부리는 것 같으면서 엄격하고 깊은 것을 담고 있는 문체, 꿈처럼 아름답지만 현실처럼 분명한 문체."

책에서 뽑고 싶은 단 하나의 문장이다. 이것은 도무라가 피아노를 조율하면서 목표로 삼은 삶의 지향점이다. 내 삶도 그러하기를 기대한다. '밝고 조용하고 맑고 그리운 삶. 조금은 응석을 부리는 것 같으면서도 엄격하고 깊은 것을 담고 있는 삶, 꿈처럼 아름답지만 현실처럼 분명한 삶.'

숲을 계속 다니면 그러한 삶에 조금씩 가까워질 것이라 기대한다. 그래서 오후가 되면 숲을 향해 걸어간다. 숲에 들어가면 나는 자연스레 삶의 조율사로 변하고, 나왔을 때는 조금이라도 새로워지고 좋은 사람으로 변해 있을 거란 믿음도 있다. 숲에는 분명 그러한 힘이 있다. 그리고 사랑하면 닮게 마련이다.

숲에서 사계절을 지나는 동안

겨울 숲

고요가 나를 감쌌다. 여백이 긴장을 풀어주었다. 이리저리 밀려다니는 일 없이 내 생각 내 의지대로 움직일 수 있었다. 평온이 나를 조용히 품었다.

봄 숲

소란스러움에 내 감각이 일어섰다. 마른 나뭇가지에 연초록 물이 오르고, 꽃이 피고, 향이 날아다니고, 새들이 노래했다. 나는 나에게서 나무로, 숲으로, 눈길을 돌렸다.

여름 숲

무성해지는 초록빛들을 찍고 또 찍어서 카톡에 전송하고, SNS에 올렸다. 함께하지 않고는 못 배길 초록 에너지들이 나를 가만두지 않았다. 땡볕도, 긴 장마도 함께할 수 있었다.

가을 숲

걷다 보면, 툭 하고 발 앞에 밤이 떨어지기도 하고, 저만치 도
토리도 보였다. 밤나무 아래에 잠깐 들어갔다 나오면 손 안에 밤이
한가득이기도 했다. 밤송이를 붙들고 씨름하는 청솔모를 만나는
행운도 종종 있었다. 열매들로 충만해지는가 싶을 때, 서서히 물들
고, 하나 둘 잎을 떨구며 사이사이 여백을 만드는 나무들, 나도 그
들 따라 침묵 속으로 들어갈 채비를 했다.

chapter 3

오후 세 시에
나를 만나다

오후 세 시, 뭘 해도 좋은 시간

'오후 세 시, 무엇을 하든 좀 빠르거나 좀 늦은 시간'

블로그앱을 열어 새로 올라온 글들을 훑어보는데 한 이웃 블로거가 쓴 글이 눈에 띄었다. 어느 철학자가 한 말이기도 하다. 마침 5월부터 〈오후 세 시의 나를 기록하다〉라는 주제로 날마다 글을 쓰고 있어서 더 잘 보였을 것이다.

글이 올라온 시간도 다른 날과는 달리 딱 오후 3시였다. 작정하고 올렸을 것이다. 그 블로거는 오후 세 시엔 탈진해서 마음에 드는 글을 찾아 읽으며 충전한다고 한다. 아마 오전부터 많은 에너지를 쏟으며 일하는 사람일 것이다.

'좀 빠르거나, 좀 늦은 시간', 저녁으로 치면 빠르고, 오후로 치면 좀 늦은 시간이라는 말이겠다. 내 경우는 많이 다르다. 코로나로 집콕 생활하면서 '오후 세 시'는 가장 자유롭고도 편안한 시간이 되었다. 잡다한 집안일이나 해야 할 일들과 식사까지 마치고 난 시간이기 때문이다. 따라서 이 시간은 내가 하고 싶은 그 어떤 일을 해도 좋다는 것을 의미하기도 한다. 그래서 지난달부터 오후 세 시대에 무엇을 하는지 기록하고 있다.

저녁 여덟 시를 기록한다면 온통 뉴스 이야기일 뿐이고, 저녁 열한 시를 기록한다면 특정 요일에는 같은 프로그램 이야기가 기록될 것이다. 그러나 오후 세 시대라면 예측할 수 없는 일들이 기록될 것이다. 하고 싶은 그 어떤 일을 해도 되는 시간이니 말이다.

이 기록은 나에 대해 좀 더 알아갈 수 있는 일이 될 것이다. "먹는 음식으로 뭘 하는가를 가르쳐주면, 당신이 어떤 사람인지" 말해줄 수 있다는 조르바 말을 빌면, 내가 오후 세 시대에 쓴 글을 보면 내가 어떤 사람인지 알 수 있을 것이다. 적어도 숲만 보였던 것에서 하나둘 나무들이 보이고, 내가 꾸려나가는 삶의 지층들도 보일 것이다.

엊그제 된장찌개를 하면서 새로운 것을 발견했다. 육수 낸 냄비에 된장을 풀고 재료들을 썰기 시작했다. 먼저 감자를 써는데 쓰윽쓰윽 소리가 났다. 호박은 뚝, 뚝, 뚝, 양파는 쏙쏙쏙 했다. 재료들의 성질에 따라 도마 위에서 나는 소리가 이렇게 다르다는 사실을 처음 알아차렸다.

그동안은 음식을 만들면서도 머릿속으로는 온갖 것들을 계산하느라 들을 수가 없었을 것이다. 아니, 그런 소리 따위는 중요한 일이 아닌 것으로 간주하고 아예 들으려고도 하지 않았을 것이다. 음식 만드는 일은 삶의 중심이 되어야 할 일이거늘 변방으로 밀쳐놓고 있었다니.

비단 이 일뿐이겠는가. 중요하다고 정해놓은 것들, 그러니까 일이나 꿈, 목표 등으로부터 먼 곳에 있는 것들은 나도 모르게 거추장스럽고 귀찮은 것들로 여겼을 것이다. 실제로는 그것들과 자연스런 조화를 이뤄야 삶에 균형이 잡히고 건강할 삶이 될 터인데 말이다.

지극히 사소한 이 일은 내가 지금 어떤 삶을 살고 있는지, 어떤 삶을 살아왔는지 깨우쳐주었다. 또한 채소들의 잘리는 소리가 음악처럼 들려와서 오감을 자극해 행복으로 이어준다는 사실도 알았다.

이같이 24시간의 시간 속에서 오후 세 시대의 시간을 들여다보면, 그동안 보지 못하고, 알아차리지 못한 나를 발견할 수 있지 않을까? 26년 동안 수많은 된장찌개를 끓였으면서도 듣지 못한 재료 소리를 발견한 것처럼, 내 내면 풍경도 읽을 수 있을 것이다.

기대된다. 내게 집중하여 하나씩 드러나는 내 안의 무수한 나를 발견하는 일, 큰 행복이겠다.

오후 세 시, 무엇을 하기에 애매하다고들 하는 그 시간, 나는 삶의 매크로렌즈로 내 안의 나를 자세히 들여다보고 말겠다.

오후 세 시, 아무것도 할 수 없는 시간

한 치 앞을 모르는 게 우리네 삶이다. 다른 날도 아니고, 바로 어제 나는, 오후 세 시야말로 가장 여유롭고 자유로운 시간이라 말했다. 많은 이들이 무언가를 하기에 어중간한 시간이라지만, 내게는 뭘 해도 좋은 자유로운 시간이라고 말이다. 적어도 외부 활동을 못하고 있는 요즘에 있어서는 그러하다.

그러나 손바닥 뒤집듯 말을 바꿔야 했다. 오늘 오후 세 시부터 그야말로 나는 맥을 못 췄다. 책 읽을 힘은 고사하고, 영화나 TV 볼 힘조차 없었다. 이런 일에도 기본적인 에너지가 필요하다는 사실을 새삼 느꼈다. 눈꺼풀이 자꾸만 내려오고 몸도 가라앉았다. 읽는 것을 아무리 좋아한다 해도 종이 한 장 넘기기가 어려웠다. 그저 빨리 눕고만 싶었다. 하필 이런 일이 오늘에 생길 줄이야!

팥 찜질팩을 전자렌지에 돌려서 데운 다음 어깨 위에 올려놓고 그대로 소파에 누웠다. 한 시간 가까이 잠을 잤지만 바로 회복되지도 않았다. 욕조에 따끈한 물을 받아 몸을 푹 담그고 나서야 조금씩 살아나는 듯했다. 왜 이리 몸이 처졌는지 되짚어보았다.

전날 마을 10통 깐 일

6시 55분에 일어난 일

정기 검진받기 위해 대학병원에 다녀온 일

비가 와서 우산을 받치고 다닌 일

(병원 주차장으로 갈 때 어느 어르신에게 우산 씌워드린 일)

세무서 간 일

생협에 가서 장을 봐 온 일

운전

방울토마토와 오이장아찌 담근 일

무슨 벽돌을 이고 건축현장을 오른 것도 아니고, 높은 산에 올라갔거나 마라톤을 한 것도 아닌데 이 무슨 난리인가. 그러나 지금 나는 반 년 가까이 석회성 건염으로 인한 어깨 통증에 시달리고 있다 (나중에 안 일이지만 동결견이라는 오십견 질환도 있었음). 가벼운 집안 일 정도는 할 수 있는데 컨디션에 따라 통증의 강도가 날마다 다르다. 신경이 꼬이는 듯한 통증에서도 벗어나기는 했지만 무슨 일을 했느냐에 따라 그날의 상태가 다르다. 같은 자세, 반복 행동, 힘 들어가는 일, 약간이라도 무게가 있는 것 들기 등은 통증을 가중시킨다.

그러므로 오전에 운전하고 돌아다닌 것과 우산을 쓰고 이동한

일, 세무서나 생협 등에서 무거운(?) 문을 연 일, 장 본 물건을 든 것, 칼질, 마늘 까기와 방울토마토 살짝 데쳐서 껍질 벗긴 것 등이 모두 어깨에 무리를 주었다. 특별한 힘이 들어가지도 않는 이 일상적인 일들이 내게는 그렇지 않다는 사실이다.

거기에다 요즘 워드로 글도 제법 쓰고 있다. 모바일로 블로그 글이나 SNS을 한 것도 큰 원인이 되었을 것이다. 어깨 부분에 있는 신경에 돌처럼 딱딱한 이물질이 앉아 있는 상태인데, 작은 무리에도 통증과 함께 몸 안의 기를 막아버린다. 그래서 피로감이 몰려오고 통증으로 쓰러질 것 같았던 것이다. 날까지 궂어 어깨가 많이 아렸다. 마치 소금 인형이라도 되어 빗물에 녹는 느낌이었다.

단 하루 만에 오후 세 시는, 무얼 해도 좋을 시간이 아니라 '아무것도 할 수 없는 날'이 되어버렸다. 그나마 어제 말한 것 가운데 맞힌 것은, 내가 어떤 사람인지 알 수 있을 것이라고 한 말이다. 오늘의 오후 세 시를 복기하자면, 에너지로 충만한 날이 많았다 해도, 오늘처럼 종이 한 장 넘기기도 힘든 날이 있다는 것이다.

우리 삶도 그러하다. 늘 맑은 것도, 늘 흐린 것도 아니다. 그래서 오래 살다 보면 일희일비하지 않는 지혜를 얻게 되는 것이리라.

거실책방 탄생기

오후 시간에 집에 있다면 가장 많이 있는 곳이 거실책방이다. '책방'이라고 해서 서점이라 오해할 수 있겠다. 그러나 옷이 있는 방을 '옷방'이라 하듯 책이 있는 곳이기에 '책방'이란 말을 쓴다. 오래전부터 책방주인장이 되고 싶은 꿈도 있었기에 서재 대신 더욱 책방이란 말을 쓰고 싶다. 지금부터 내 오후 시간을 책임져주는 거실책방 탄생기에 대해 이야기하려고 한다.

어느 날 자주 다니는 L마트 옆의 저층 아파트가 철거되고 땅을 파고 있는 것을 보았다. 헐린 자리에 새 아파트를 짓는 공사였다. 부동산 정보에 밝지 못한 나는 그때서야 중개소로 가서 매물이 나오면 알려달라고 부탁했다.

운 좋게도 몇 개월 후 전망도 좋고 맘에 드는 층수를 계약했다. 아파트는 2년 반 정도 지나 완공됐다. 그리하여 우리 가족은 13년 된 아파트에서 13년 동안 살다가 넘어지면 코 닿을 곳으로 이사하게 되었다.

가전제품이나 가구들도 다 바꿔야 했다. 이 가운데 가장 먼저 알아보기 시작한 것은 가전제품도 장롱도 아니었다. 바로 책장이었다. 가까운 가구거리에도 다녀오고, 많은 시간 들여 인터넷을 뒤지면서 찾아 헤맸다. 말 그대로 책장 찾아 삼만 리였다.

살던 집은 책이 점령하다시피 했다. 거실 양쪽은 물론이고 욕실 옆 벽이나 안방까지 놓을 수 있는 곳엔 모두 책장을 놓았다. 책장에 들어가지 못한 책들은 거실 바닥에 쌓여갔다. 심지어는 신발장 위에도 올려놓았다. 책 때문에 점점 공간이 줄어들었기 때문에 이사하고 싶은 마음이 간절했다. 이사해야 책 정리할 기회도 얻는다. 그렇다고 이사한 이유가 꼭 이런 상태 때문이라고만 할 수는 없다.

초등학교 때 꼭 갖고 싶은 것이 두 가지 있었다. 탁구대와 서재였다. 학교에 탁구부가 생겼을 때 난 육상부에 있었는데 탁구부 코치님 눈에 띄었다. 육상도 하기 싫은 것 억지로 붙잡혀 있었던 것인데 탁구 역시 육상부 선생님이 한 달 간 출장 가신 사이에 붙들리어 배우게 되었다. 나는 체육을 그다지 좋아하지 않았지만 운동신경은 꽤 괜찮았다. 달리기도 학교 안에서 가장 잘 달렸고, 탁구 실력도 곧 한두 손가락 안에 꼽히게 되었다.

탁구는 육상과 달리 재미도 있었다. 하지만 배우던 아이들이 하나둘 빠져나가고 마지막에 남은 건 나와 친구 둘뿐이었다. 가장 실력이 좋았던 두 사람이기도 하다. 코치님이 우리를 불러 어떻게 할 거냐고 물었다. 먼저 질문받은 내가 하기 싫다고 했다. 코치님의 거친 욕설과 비하 발언들을 듣기 싫었기 때문이다. 그래서 자연스럽게 탁구부는 해체되었다. 하지만 탁구대를 갖고 싶다는 마음은 오래 가지고 있었다. 그래도 서재를 갖고 싶다는 것만큼 강하지는 못했다.

초등학교 꼬마가 서재에 대한 꿈을 품었다는 것이 지금 생각해도 제법 맹랑하다 싶다. 그때 머릿속에 그리고 그리던 서재의 모습은 사면이 책으로 둘러싸여 있다. 그리하여 팔을 뻗기만 하면 언제든지 내가 원하는 책을 꺼내볼 수 있다. 방 가운데에는 붉은 빛이 약간 도는 커다랗고 검은 원목 책상이 놓여 있고, 그 위에는 원고지가 펼쳐져 있으며, 바로 옆에 펜이 꽂혀 있다. 의자에 앉아 있는 나는 원고지 한 칸 한 칸에 글자를 채워 넣는다. 컴퓨터가 일상화된 지금에야 원고지에 쓰는 사람을 찾아보기 어렵지만 그때만 해도 글이라면 당연히 원고지에 쓰던 때이다.

그 꿈은 사라지지 않았다. 그리하여 이사하기 전 아파트 거실에도 서재로 꾸몄다. 그런데 8평이나 더 넓은 새 아파트로 가게 되었으니 어릴 적 꿈을 비슷하게나마 꾸릴 수 있겠다는 생각에 마음이 들떴다. 방보다는 거실을 서재 공간으로 하는 것이 내겐 더 자연스럽기도 했다. 8년 넘게 쓰고 있는 블로그 글도, 책을 읽는 곳도, 첫 번째, 두 번째 책을 쓴 곳도 거실이었다. 습관이 저절로 익혀져서 거실이 편안하다. 어차피 남편은 일본에 있고, 큰딸은 서울 학교 앞에서 자취를 하기 시작했고, 작은딸도 밖이나 자기 방에 많이 있으니 거실은 내 공간이나 마찬가지다.

서재를 꾸미기 위해 먼저 책장을 마련해야 했다. 어깨와 눈이 아프도록 인터넷을 뒤졌다. 최종 후보로 점 찍어놓은 사이트들을 즐겨찾기로 해놓고 여러 번 반복해서 보았다. 이런저런 조건에 맞아 결정했다고 해도 자고 나면 마음이 자꾸만 달라졌다. 이중 책장으로 할까, 3중 책장으로 할까에서부터 원목이냐 MDF냐, 주문 제작이냐 기성품이냐, 아예 인테리어 업체에 맡기느냐, 공방에 주문하느냐 등으로 머리가 아플 정도로 고민했다. 책장이 결정되기 전까지 다른 것에 신경을 쓸 수도 없었다.

결론은 원목 책장을 전문적으로 하는 공방에 주문 제작하기로 했다. 처음에는 내가 얼마나 산다고 몇백만 원씩이나 들여서 좋은 책장을 들일 필요까지 있나 했지만 가장 좋은 것으로 하라는 남편 말에 조금은 넘어간 것도 같다. 오크는 아니어도 소나무 책장 정도는 할 수 있겠다 싶었다. 그리하여 사전 점검일에 잰 치수를 들고 8호선 동쪽 끝자락에 있는 암사동으로 갔다. 폭염이 나날이 이어지던 여름이었다.

하루가 피고 지고

주문 제작을 하는 그 공방엔 사전 점검일 전에도 한 차례 가서 상담을 받고 왔었다. 가구는 사진과 실물이 많이 달랐다. 공방에서 만들고 있는 책장을 보았는데 소나무 책장도 아주 튼튼하고 멋있었다. 금액 때문에 망설였지만 그때의 그 느낌을 지울 수 없어 결국 다시 방문하여 주문했다.

책장을 단순히 책을 꽂는 용도에서만 생각했다면 빨리 결정할 수 있었을 것이다. 거실 한쪽 벽에만 놓기로 했어도 선택은 훨씬 쉬웠을 것이다. 원목이냐 MDF냐에서도 가격 문제 때문에 쉽게 결정이 안 났다. 그런데 원목으로 결정했다 해도 그다음으로는 오크냐, 삼나무냐 등으로 고민은 계속 이어졌던 것이다.

책이 많아 2중이나 3중 책장으로 할까 했더니 가격이 껑쭝 뛰어 원목에서 MDF로 넘어가기도 했다. 그러면 MDF 책장들을 새로 찾아봐야 하므로 도로 원점이 되어버렸다. 그렇게 한참을 찾다 보면 차라리 업체를 불러 제작하는 게 낫겠다는 생각에 업체 검색으로 이어져 또 시간을 쓰게 되었다.

가장 많은 고민을 안겨준 것은 TV다. 먼저 거실에 둘 것인지
말 것인지를 결정해야 했다. 안방이나 다른 곳에 두면 쉽게 끝날
일이었다. 그런데 어쩌다 집에 오는 남편 생각에 쉬이 결정 나지
않았다. 집에 와서도 내가 다른 일을 하는 동안 또 혼자되어 TV
볼 걸 상상하니 그건 아니라는 생각이 들었다. 남편은 집에 오면
한국말이 들리는 TV를 보고 싶다면서 늘 켜고 있다.

그래서 거실에 두기로 했다. 그리고 나니 새로 살 TV 사이즈를
결정하기 위해 전자 제품 매장에 다녀와야 했다. 그다음으로는 TV
를 책장에 넣어야 하므로 어느 디자인으로 해야 할지 새 고민이 시
작됐다. TV는 책장 결정뿐만 아니라 소파 배치나 서재의 용도 등
에 가장 많은 영향을 끼쳤다.

여러 조건들을 충분히 고려해서 책장 디자인을 결정한 뒤 공
방에 제작을 의뢰하자 2~3일 후에 설계도를 보낸다고 했다. 내가
아는 설계도란 집이나 건물의 것이었다. 더구나 책장이라면 완성
품 외에 본 적이 없으니 설계도가 있으리라는 것을 어찌 상상했겠
는가. 많은 고민과 시간을 들인 것이라 더 기다렸는데, 근사한 설
계도가 눈앞에 나타났을 때의 기쁨이란 이루 말할 수 없었다.

거실이라는 한계가 있어 초등학교 때 꿈꾼 것처럼 사방에 책장

을 놓을 수는 없었다. 양쪽 벽의 길이도 도면에 나와 있던 치수만큼 쓸 수 없었다. 한쪽 벽엔 월패드가 있었고, TV 책장 양쪽에는 큰 화분도 놓고 한쪽 위에는 서재 이름판도 걸어야 했기 때문이다. 그래서 2중 3중 책장도 생각했지만 앞으로 책은 책장에 넣을 만큼만 가지자면서 단면으로 했다.

오크가 튼튼하다고 하지만 가장 비싸고, 삼나무는 다른 원목에 견줘 저렴하고 향도 좋은데 재질이 약하다. 그리하여 튼튼하기도 하고 중간 가격인 소나무로 했다. 나무 향을 살리기 위해 염색이나 코팅은 전혀 안 했다. 덕분에 많이 절약되기는 했어도 책장에 가장 많은 돈이 들어갔다. 한동안 나갔다가 집에 들어오면 나무향이 코끝에 와 닿아 기분이 좋았다. 소나무도 등급이 있다는 말을 들은 것 같은데 괜찮아 보였다. 색상이나 마감도 깔끔하게 처리되었고 튼튼했다. 책의 무게도 오래도록 잘 견뎌줄 것 같아 만족스러웠다.

책은 이미 여러 차례 정리했지만 이사할 때 또 500여 권을 정리했다. 그런데도 이사하는 날 책 박스가 끊임없이 들어왔다. 다 올라왔겠지 하면 여지없이 또 들어왔다. 이삿짐센터 직원들이 책을 꽂으며 이토록 책이 많은 집은 처음이라고도 하고, 도서관 같다고도 했다. 책장에 다 꽂았는데도 책은 멈추지 않고 들어왔다. 꽂을 공간이 없어지자 거실 바닥에 놓았는데 산이 되었다. 창문 바닥 쪽에 가득 쌓여 있어서 커튼 달러 온 사람이 책 더미에 미끄러지기도 하고 애를 쓰며 달고 갔다.

어쩔 수 없이 책장을 더 들여야 했다. 집안을 이리저리 둘러보다가 찾은 곳이 복도 끝이었다. 다른 일 제쳐두고 가구점으로 달려갔다. 거실에 책이 그득하게 쌓여 있으니 일이 진행되지 않아 먼저 정리해야 했다. 삼나무 책장으로 했는데 마감이 거칠었다. 그래도 생각보다 약하지 않아 그럭저럭 괜찮아 보였다.

그러고도 책이 남아 또 버려야 했다. 집에 뭘 설치하러 온 사람 가운데 책에 관심 갖는 사람에게 주기도 하였다. 그래도 책장이 필요했다. 이번에 맞춘 큰 두 책장에 들어갈 정도로만 가지고 살자 했어도 남아 있으니 또 인터넷을 검색했다.

그러다가 아주 좋은 책장을 발견했다. 자리도 많이 차지하지 않으면서 수백 권 꽂을 수 있는 회전 책장이었다. 이사 전에 그렇게 많이 검색할 때는 보이지 않았는데 그제야 발견되었다. 자작나무로 만든 것이었다. 거기에는 바로 꺼내서 봐야 할 책이나 읽지 않은 책을 꽂아두었다.

삼나무로 된 바 테이블이 가장 나중에 들어왔다. 우선은 내가 좋아하는 책들을 올려놓았는데 앞으로 집중적으로 공부할 대상에 관한 책이나 관련 소품 등을 진열해놓을 곳이어서 핵심 공간이 될 것이다. 이런 공간은 서점 콘셉트로 꾸민 것이기도 하다. 그러고도 책을 계속 사는 바람에 주방의 아일랜드 테이블 앞에도, 바 테이블 아래에도, 안방 화장실 벽에도 여전히 책장이 늘어 예전에 살던 집의 도플갱어가 되어버렸다.

거실책방은 내 서재로 꾸몄으므로 내 공간이지만 우리 가족 모두의 공간이기도 하다. 때로는 손님 맞는 공간이 되기도 한다. 반려견과도 함께 쓴다. 반려견 집이 두 개에다 간식 주는 방석도 있어 깔끔할 수는 없어도 함께여서 좋다. 남편이 오면 남편과 함께 쓰는 공간으로 바뀐다. 그러므로 내 거실 책방은 완전한 내 공간이면서 모두의 공간이기도 하다.

뿐만 아니라 거실책방은 서점이기도 하다. 진열 방식이라든가, 손님이 오면 머무는 곳이라든가, 나 혼자서 무언가를 기획해서 공부하는 것들이 요즘의 작은 서점과 닮았다. 뭐니 뭐니 해도 거실책방은 글을 쓰고 읽는 공간이다. 지금도 나는 거실 책방에 앉아 이 글을 쓰고 있다.

이사 후 집을 다녀간 한 지인이 다음날 이른 아침에 이런 문자를 보내왔다.

'정말, 당신은 내가 태어나길 잘했다 싶은 생각이 들게 만든 또 한 사람이오. 어떻게 시골 무지렁이한테 이런 늦복이 있어 당신 같은 사람을 만났겠소. 성공한 이유 가운데 또 하나, 당신을 만나 내 말년이 행복하오. 내 삶을 보상받는 기분이오.'

70세에 누구도 따를 자 없는 핸드드립 커피로 마니아들의 미각을 흥분시키고, 많은 커피 교실을 열어 후배들을 양성하고 있는, 당차고도 지적인 카페 사장(여성)님이었다. 무얼 두고 이런 엄청난 문자를 보내셨는지 알 수 없어 전화 걸어 여쭸더니 거실책방을 두고 하신 말이었다. 그리 훌륭한 공간은 아니지만 따로 설명하지 않아도, 40여 년 전 꾸었던 꿈과 책장 찾아 헤맨 노고가 누군가에게는 전달되는 모양이다.

　어릴 때부터 수없이 그리고 그렸던 공간에서 지금의 내 하루가 피고 진다. 그 속에서 날마다 일어서고, 날마다 새로워지는 내가 되기를 기대한다.

반려동물과 함께 산다는 것

밀키가 핑크뮬리를 낳았다.

반려견 밀키를 데리고 산책을 먼저 시작했다. '먼저'라고 한 것은 산책하면서, 밀키 컨디션을 살펴보고 동물병원에 가려고 하기 때문이었다.

일하러 나간 작은딸에게서 병원에 갔느냐는 문자가 왔었다. 처음에는 내 어깨 때문에 정형외과 다녀왔는지 묻는 줄 알았다. 그런데 그 문자 위에 밀키라는 말이 있는 걸 나중에 보았다.

어제 저녁 작은딸과 밀키 패드를 보면서 "내일 병원에 가 봐야겠다"라고 한 말이 그제야 생각났다. 밀키가 붉은 오줌을 누었기 때문이다. 피오줌인가 했다. 처음 본 오줌색이라 얼마나 놀랐는지 모른다. 요즘 건망증이 부쩍 늘기는 했지만 밀키 상태가 전과 다름없었기에 병원 간다고 한 걸 잊고 있었나 보다.

밀키는 밤새 오줌 한 번 누지 않았고, 시간이 많이 지났어도 패드가 깨끗했다. 소변 못 보는 일은 큰 문제다. 나도 수술을 하거나 아이를 낳았을 때 오줌을 누었는지 열심히 체크 당했다. 그러니 걱정이 이만저만 아니었다.

병원에 갔느냐는 문자가 가족 단톡방에 올라와서, 떨어져 사는 큰딸도 놀래 어디 아픈지 물었다. 그만큼 밀키의 안부는 다른 가족들만큼이나 중차대한 일이다. 그런데 가만히 생각해보니 원인을 알 것 같아 하루 정도 관찰한 다음 오줌색이 원래대로 돌아오면 안 가도 될 것 같았다.

어제는 비트밥을 처음 했다. 비트가 몸에 좋다고 해서 한 봉지 사다놓기는 했는데 평소 잘 안 먹는 식재료여서 시간이 많이 흘렀는데도 하나가 남아 있었다. 마침 이웃 블로그에서 비트밥을 했다는 것을 보고 치워버리기로 했다. 특별한 방법 없이 썰어서 씻은 쌀 위에 얹어 취사 버튼만 누르면 되었다.

밀키는 냉장고에서 식재료를 꺼내 칼질을 할 때도, 내가 밥을 먹을 때도, 쪼르르 달려와 내가 잘 보이는 곳에 척하고 앉아 내 눈을 뚫어지게 쳐다본다. 어제도 밥을 푸려고 할 때 달려왔기에 점심 때는 작은 조각 한 개, 저녁에는 밥 조금과 함께 두 개 주었다. 다른 날과 다른 것은 그뿐이었다. 그래서 붉은 오줌을 누었을 것이라는 의심이 생겼다.

사람은 비트 먹었다고 비트색 오줌을 누는 건 아니지만(그러나 사람도 그러하다는 걸 나중에 알았다) 강아지는 구조나 소화력이 달라 그럴 수도 있을 거란 추측만 했다. 왜냐하면 오줌색이 붉기보다는 핑크색이었고, 비트색 그대로였기 때문이다. 그리고 색이나 모양이 꼭 핑크뮬리 같아서 이것이 판타지라면, 우리 밀키같이 귀여운 아이가 그런 예쁜 오줌을 누는 건 하나도 이상할 일이 아니었다. 하지만 현실은 현실, 비트 때문이란 생각이 들기는 해도 완전히 마음 놓을 일이 아니었다.

큰 아이가 동물병원에 전화해보라고 해서 했더니 점잖고 낮은 목소리의 수의사가 바로 비트는 금기 식품이라고 했다. 심장이 덜컥 했다. 한번 데리고 와서 진료를 받아보라고 했다. 전화를 끊고 인터넷에 검색해보았지만 비트가 금기 식품이라는 말은 없었다. 초콜릿, 브로콜리, 양파, 마늘, 아보카도, 포도, 맥주(강아지에게 술 먹이는 사람도 있나?), 과자, 건어물, 우유, 기름진 음식 등만 나와 있었다.

쓰레기통에서 핑크뮬리가 새겨져 있는 패드를 꺼내들고 산책을 나갔다. 그러면서 상태를 살펴보자고 한 것이다. 밀키는 평소와 다름없었다. 안심은 됐으나 그래도 산책을 마치고 병원에 갔다. 수의사에게 비트는 금기 식품에 나오지 않는다고 하자 자신도 그런 줄 알았는데 아니더라면서 밀키를 살펴보았다. 젊은 수의사는 밀키 안색이 안 좋고, 소화가 안 되고 있다고도 했다. 털로 덮여 있는 얼굴에서 상태를 알아내고, 소화가 안 되는 것도 바로 알아내다니 대단한 수의사다. 비록 비트를 금기 식품으로 착각은 했지만 말이다.

밀키는 태어난 지 10년(2020년 기준)이 되었으니 나와 비슷한 나이일 것이다. 나도 작년부터 여기저기 아픈 곳들이 나타나기 시작해 몸 관리하는 데 돈과 시간을 많이 들이고 있다. 그래서 동변상련이 느껴진다. 살짝 어떤 변화가 보이면 긴장이 된다. 그래서 종종 자고 있는 밀키를 쓰다듬으면서 아프지 말고 건강하라고 말한다.

밀키에게 아토피가 있어 전에 노련한 수의사에게 치료도 받았는데 사람 음식 중에 그래도 밥이 괜찮다고 해서 조금씩 주었다. 밥 먹는 앞에서 미동도 하지 않은 채 간절한 눈빛으로 빤히 쳐다보는 눈빛을 모른 척할 수 있는 사람이 몇 명이나 되겠는가. 그러나 이제는 거기에 지면 안 된다. 과감하게 습관을 들여야 한다. 밥 조금이 그것으로 끝나는 것이 아니다. 음식만 보면 끊임없이 달라고 졸라댄다. 나 또한 밥 조금으로 끝나지 않고, 파프리카는 괜찮겠지, 토마토는 괜찮겠지 하면서 조금씩 주다 보니 그 양도, 종류도 늘어만 갔다.

어느 날은 카펫 위에 젤리 같은 붉은 분비물이 나와 있었다. 무엇인지 살펴보다가 똥꼬를 보니 거기에도 묻어 있었다. 장에 큰 문제가 있나 생각하고 가슴을 쓸어내렸다. 핑크뮬리 오줌이나 젤리 분비물이 나온 것이나 다른 안 좋은 일들도 주로 밤에 일어났다. 가만 생각해보니 이 일은, 그날 채소로 만들어진 액체 상태의 간식을 주었는데 그것이 소화되지 않고 그대로 배설된 것 같았다.

이번 일을 겪고 단단히 마음먹었다. '매정해지자, 단호해지자'

고 말이다. 밀키 입장에선 이 무슨 마른하늘에 날벼락이냐며 억울해하겠지만 그래도 약해지지 말자고 수없이 다짐했다. 자녀 키울 때나 반려동물과 함께 사는 일에 있어서 단호함이나 일관성을 갖는 일은 정말로 중요하지만 몹시 어렵기도 하다. 자녀들 키울 때도 분명 안 좋은 일인 줄 알아도 간절히 원하면 질 때가 있었는데 반려견 키우면서도 마찬가지다. 너무 사랑하기 때문일 것이다. 하지만 사랑한다면 더욱 단호해져야 한다.

오늘만 달릴 수 있는 사람처럼

건강원에 있었는데 갑자기 창밖이 캄캄해졌다. 이어 천둥이 치고 번개가 번쩍거리더니 비가 쏟아졌다. 아직 시간이 남았지만 후다닥 일어나 탈의실로 갔다. 그리고 재빨리 옷을 갈아입고 빌려주는 우산을 받아 나왔다. 혼자 집에 있을 밀키가 걱정되었다.

마스크 사는 요일이라 약국에 들러 산 뒤 곧장 생협으로 향했다. 최대한 속도를 높여 달리다시피 해서 앞 사람들을 따라잡으며 갔다. 빗줄기는 강해지고 우산은 바람에 꺾일 기세였다.

생협에서 몇 가지 사서 나왔더니 물 폭탄이 쏟아지고 있었다. 그래도 지체할 수 없는 일, 뚫고 가야만 했다. 밀키가 가장 무서워하는 것이 천둥소리이기 때문이다. 우리와 함께 있어도 어쩔 줄 몰라 하며 왔다 갔다 하는데 혼자서 떨고 있을 생각하면 1초도 망설일 시간이 없었다. 신호등 앞에서는 속이 바짝바짝 탔다. 신호가 바뀌는 것과 동시에 전력질주했다. 계속되는 천둥소리에 '더 빨리, 더 빨리'를 외치며 속력을 가했다.

도로는 그 잠깐 사이에 장마 때처럼 비로 가득해졌다. 비는 사정없이 바지를 적시고, 신발 안으로 들어왔다. 하지만 옷 젖는 게 대수랴, 신발 젖는 게 대수랴. 어서어서 나는 밀키 앞에 나타나줘야 했다. 나는 밀키 보호자니까. "밀키야, 조금만 기다려, 엄마 금방 갈게"를 되뇌며, 학창 시절 100미터 달리기 할 때처럼 온몸에 힘을 주고 달리고 또 달렸다. 마치 오늘이 마지막인 듯 매섭게 울어대는 매미의 절박함으로 달렸다.

바지에서 물이 뚝뚝 떨어지는 상태에서 현관문을 열고 중문을 열어도 밀키는 안 나타났다. 번호 키 터치하는 소리만 들리면 잽싸게 짖으면서 뛰어나오던 아이가 아니던가. 여기저기 찾으면서 여러 번을 부르고난 뒤에야, 나갈 때 던져주었던 간식을 입에 물고서 나왔다. 강아지들에게 천둥소리는 사자가 으르렁거리는 소리로 들린다고 한다. 작은 몸으로 그동안 사자를 막느라 얼마나 애썼을까. 간식을 입에 물고 두려움에 맞서고 있었을까.

종종 내게 왜 사서 고생하느냐고, 왜 강아지한테 얽매여 사느냐고 묻는 사람이 있다. 사실 나는 카페로 글을 쓰거나 책을 보러 가는 사람들이 부럽기도 하다. 하지만 밀키를 혼자 두고 나 좋아하는 일 하러 가고 싶지는 않아 집에서 한다. 외출할 때도 되도록 작은딸과 시간을 맞추려고 노력한다. 특히 코로나 사태 이후엔 종일 붙어 지내니 더욱 혼자 있게 하는 일이 어려워졌다. 강아지들이 살면서 가장 많이 하는 일이 '주인을 기다리는 일'이란다. 그걸 알고 났을 땐 눈물이 날 정도였다. 어쩔 수 없이 혼자 두고 나왔을 때엔 빨리 들어가려고 애쓴다.

산책도 거의 날마다 해주고 있다. 산책의 중요성을 잘 몰랐을 때는 내 일에 비중을 두었지만, 알고 난 뒤에는 내 일과 밀키 산책을 두고 저울질은 안 한다. 특히 내가 산책을 다녀온 뒤에는 필수이다. 나만 좋아하는 일을 해서는 안 되기 때문이다.

이제는 가족여행도 못한다. 예전에 두 딸을 데리고 8박 9일로 일본에 있는 남편에게 간 적이 있다. 여러 애견 호텔을 알아보았지만 도저히 맡기고 싶지 않아 수소문해 작은딸 친구 집에 맡기기로 했다. 강아지를 키운 경험도 있고, 가족 모두가 좋아한다고 해서 애견 호텔 이용요금을 주기로 하고 부탁했다. 그전에 밀키와 친숙해지도록 딸 친구를 집에서 재우기도 했다.

그런데 그 긴 시간동안 밀키는 사료를 먹지 않았다고 한다. 집에 데려왔는데도 이틀이 지난 후에야 먹기 시작했다. 그러잖아도 살이 별로 없는 아이인데 더 살이 빠져 있었다. 그걸 보면서 더 이상 가족여행은 힘들겠다는 판단을 내렸다. 그냥 집에 두고 1박 2일 다녀온 일은 있으나 기꺼이 우리의 즐거움을 포기했다.

그것 말고는 크게 힘든 일은 없다. 산책을 시키거나 목욕 시키는 일, 정기적으로 미용을 해주고 대소변 본 패드 치우는 일들은 힘든 일이 아니다.

진짜 힘든 일들은 따로 있다. 빠른 노화의 속도를 바라보는 일이다. 몸에 검버섯이 늘고, 피부 탄력이 떨어지는 속도가 느껴질 정도로 빠르다. 침대 위에서 같이 자던 밀키가 혼자서 자고, 낮에도 잠자는 시간이 점점 늘어나는 것을 지켜보는 일이다. 혼자 잘 자는 밀키가 새벽에 침대 밑으로 와서 도움을 청할 때는 영락없이 배에서 꼬르륵 소리가 요란하게 날 때이다. 자다 말고 팥 찜질팩을 데워 배에 대고 안고 어르는 것이 힘든 것은 아니다. 얼마나 아픈지 가늠할 수 없어 답답하고, 아픈 것을 지켜봐야 하는 것이 힘든 일이다. 평균 수명이 13~15살이라니, 함께하는 시간이 점점 줄어들고 있다는 사실을 받아들이기가 힘든 일이다.

밀키는 손을 달라고 하면 척하고 손을 주었고, '뽀뽀' 하면, 얼굴에 뽀뽀도 잘해주던 아이였다. 그런데 언젠가부터 손을 주지도 않고, 뽀뽀해달라면 어쩌다 한 번 정도이고 대부분은 고개를 돌려버린다. 재롱부리는 나이가 지났다고 위엄을 부리는 것인지 모르겠다. 오히려 내가 밀키집 앞에 누워 재롱을 부리는 신세가 되었다.

내가 책상에 앉아 글을 쓸 때면 꼭 한 번쯤 와서 떼를 쓰는 밀키, 방금도 내 의자 옆으로 와서 기어코 간식을 받아냈다. 이렇게 조종당하고 통제를 당해도 나는 기꺼이 밀키에게 얽매여 사는 삶을 선택한다. 자발적 선택을 할 수밖에 없을 정도로 사랑하니까.

나를 떠난 아이

집에 돌아오자마자 그림책 《아름다운 딱따구리를 보았습니다》 (미하우 스키빈스키 글·알라 반크로프트 그림, 사계절)를 가져와서 펼쳤다. 방금 산을 돌다가 떠오른 문장들을 그림책으로 쓴다면, 이 책의 그림 스타일이 잘 어울릴 것이라 생각되었기 때문이다. 4개월 가까이 숲 속 오솔길을 다니는 동안 보고 느껴진 것들이 있으면 메모장을 열어 열심히 적었다. 오늘도 맘에 드는 문장들이 쏙쏙 떠올랐다. 하지만 이 책과 견주니 들떴던 마음은 금세 사라지고 기운이 쭉 빠졌다. 그림이 문제가 아니고, 과연 내가 쓴 문장들이 그림책으로 가능한 것인지 의문이 들었기 때문이다.

《아름다운 딱따구리를 보았습니다》는 요즘 읽은 그림책 가운데 가장 많은 여운을 주었다. 그림책은 보통 표지를 열면 면지가 나오고 거기에도 주로 그림이 그려져 있다. 그리고 다음 페이지에 책 제목과 지은이, 출판사 이름이 또 새겨져 있다. 그런데 이 책은 면지 왼쪽에 풍경이 그려져 있고 오른쪽에는 문장 5줄이 씌어져 있다.

그때 나는 여덟 살이었다.

방학 내내 공책에 하루 한 문장씩 일기를 썼다.

그날 일어난 일에 대해 적었다.

2학년으로 올라가는 조건이었다.

나는 아직도 그 공책을 간직하고 있다.

일기장을 바탕으로 만들어진 그림책이라 그 형식으로 만든 것 같았다. 책을 처음 열어 이 문장들을 보았을 때 얼마나 심장이 두근거렸는지 모른다. '여덟 살짜리 꼬마가 쓴 한 문장 일기'라는 말에 기대감이 생기면서 나도 여덟 살 꼬마로 날아갔다. 하지만 내 여덟 살 추억은 딱히 떠오르는 게 없었다. 나도 일기를 썼더라면 좋았을 텐데 말이다.

본문에는 '교회에 갔다' '친구와 숲에 갔다' '엄마를 바베르 기차역에 바래다드렸다' 등의 간결한 문장이 인상파 화가들의 작품을 연상하게 하는 그림과 짝을 이루고 있다. 책장을 넘기면 황홀감에 계속 빠져든다.

1937년 7월 달로 시작되는 날짜를 보는 순간 제2차 세계대전이 떠올랐다. 아니나 다를까, 중간을 지나 9월 1일에 '전쟁이 시작되었다'라는 문장이 나왔다. 이어 비행기가 하늘에서 날고, 전기가 끊어지고, 집 가까이에 폭탄이 떨어졌다는 문장과 그림들이 나왔다. 그리고 '바르샤바는 용감하게 싸웠다'는 내용과 포화 그림으로 맺는다.

눈이 부시게 아름다운 풍경 속에 전쟁의 흔적이 담겨 있어 안타까웠다. 오르한 파묵의 "모든 풍경의 아름다움은 슬픔 속에 있다"라는 문장이 이토록 잘 들어맞을 수 있을까. 풍경들은 시간이 흐른 뒤에 예전의 아름다움을 회복했겠지만 일기를 쓴 꼬마를 비롯해 그 시대의 사람들은 어땠을까? 조종사였던 꼬마 아버지도 9월 9일에 전사했다고 한다. 8월 29일에 '아빠가 나를 보러왔다'고 씌어 있는데 이때가 아빠를 본 마지막 날이었다고 한다.

슬픈 일도, 기쁜 일도 군더더기 없는 문장들로 채워져 있어서인지 그 여운이 깊고 길었다. 짧은 한 문장이지만 의무적으로 쓴 것이 아니라는 게 느껴졌다. 꼬마는 그날 있었던 일들을 차분히 돌아본 뒤 가장 기억에 남는 일을 연필로 꾹꾹 눌러 썼을 것이다. 그렇지 않고서야 이리 깊은 감동을 줄 수가 없을 것이다. 내용 중간에는 실제 일기도 수록되어 있다. 작가는 90세가 넘은 지금도 이 일기장을 가지고 있다고 한다. 그림책 속 글들을 보면 침착하고 내향적이며 감수성이 풍부한 꼬마였을 것으로 추측된다.

꼬마 아이가 쓴 문장들은 그림책으로 손색이 없다. 그럴 뿐 아니라 우리들 가슴을 울릴 정도로 빼어나다. 다시 읽어보니 내가 쓴 문장들은 시시하기 그지없다. 그래서 혼자 부끄러웠다. 꾸미지 않은 순수한 마음으로 써야 한다고 꼬마가 말하고 있는 듯했다.

〈말괄량이 삐삐〉의 원작인 《내 이름은 삐삐 롱스타킹》의 저자이자 어린이 문학의 고전이 된 수 많은 명작을 쓴 아스트리드 린드그렌 작가도 글을 쓸 때, "오로지 내 안에 숨 쉬고 있는 그 아이에 관해서만 생각한다"라고 말했다.

난 언제나 현재의 나에 대해서만 생각한다. 세상의 틀을 깰 아이는 떠난 지 오래다. 그림책을 쓰고 싶다면, 내게서 떠난 아이를 먼저 불러와야 한다.

말괄량이 삐삐를 다시 만나다

건강관리원에 갔더니 두 사람이 있었다. 그런데 다 끝났는지 얼마 안 있어 훈증실을 나갔다. 누군가 있으면 TV를 틀거나 같이 온 사람들끼리 수다를 떠는 경우가 많은데 오롯이 혼자 있게 되었다. 감사한 마음으로《내 이름은 삐삐 롱스타킹》을 읽기 시작했다.

초등학교 시절, TV에서 방영해준 〈말괄량이 삐삐〉를 재밌게 보았다. 그러나 그것으로 끝이었다. 원작이 무엇인지, 작가가 누구인지 알지 못했다.

얼마 전 SNS에서 보고 제목에 끌려서 산 책이《나의 린드그렌 선생님》이다. 사고 보니 어린이 책이었고, 아스트리드 린드그렌은 〈말괄량이 삐삐〉를 쓴 작가였다. 얼마 전 백희나 작가가 아동문학의 노벨상이라 할 수 있는 상을 수상했는데, 상 이름이 바로 '아스트리드 린드그렌상'이다. 이 책을 쓴 유은실 작가의 보물 1호는 아스트리드 린드그렌 작가의 책 40권이란다.

《나의 린드그렌 선생님》의 주인공 비읍이는 자기 생일에 엄마,

이모와 함께 노래방에 간다. 거기에서 엄마가 부른 〈말괄량이 삐삐〉를 처음 듣고서 삐삐의 존재를 알게 된다. 정작 그 노래를 부른 엄마는 아스트리드 린드그렌 작가가 누구인지 모른다. 작가의 책을 한 권도 읽지 않았고, 원작이 《내 이름은 삐삐 롱스타킹》이라는 사실도 모른다. 그것이 꼭 내 모습 같았다. 삐삐를 보고 자란 우리 세대의 많은 이들도 이와 크게 다르지 않을 것이다. 이 책은 아스트리드 린드그렌 작가를 좋아하는 주인공 비읍이와 헌책방에서 일하는 젊은 여성 사이의 이야기를 감성적으로 잘 풀어놓아 흥미롭게 읽었다.

제목이 비슷하지만 전기로 나온 《아스트리드 린드그렌》을 먼저 읽고 《나의 린드그렌 선생님》을 다시 읽었는데 역시 재미있었다. 그러고 나서 《내 이름은 삐삐 롱스타킹》을 사서 읽는 중이다.

《아스트리드 린드그렌》을 읽을 때는 아스트리드 린드그렌 작가가 삐삐와 많이 닮았다는 생각이 들었다. 그런데 《내 이름은 삐삐 롱스타킹》를 읽으면서는 삐삐와 빨간 머리 앤이 많이 닮았다는 생각이 들었다. 결국 삐삐와, 아스트리드 린드그렌, 빨간 머리 앤이 서로 닮았다는 말이다. 그래서 이 셋이 내 머리에서 섞이고 있다. 《아스트리드 린드그렌》을 읽기 전에 영화 〈빨간 머리 앤 시즌3〉에 빠져서 보고난 다음 완역서도 사서 읽고 있는 중이라 더욱 생생하게 다가왔다.

《내 이름은 삐삐 롱스타킹》에서 삐삐를 이렇게 소개하고 있다.

삐삐의 모습은 이랬다. 홍당무처럼 빨간 머리카락은 두 갈래로 야무지게 땋아져 옆으로 쫙 뻗어 있었다. 감자같이 생긴 조그만 코는 주근깨투성이었다. 그 코밑에는 커다란 입이 있었는데, 튼튼하고 새하얀 이가 엿보였다.

앤 역시 빨간 머리를 양 갈래로 땋았고, 삐삐처럼 비쩍 마르고 주근깨투성이다. 삐삐처럼 코가 아닌 볼이지만 말이다. 많은 말, 거침없는 행동, 똑똑하고 뛰어난 상상력, 대범함, 기존의 규범에 저항하는 태도, 자유분방함 등이 앤의 모습이고, 삐삐의 모습이며, 아스트리드 린드그렌의 모습이다. 이러하니 헷갈리지 않을 수 없다.

복고문화가 유행한다더니 삐삐와 앤도 다시 오고 있다. EBS에서 〈말괄량이 삐삐〉를 방영하고 있다는 소식도 들었다. 그리고 빨간 머리 앤 전시회가 서울에서 열리고 있다. 어린 시절 즐겼던 문화가 내 앞으로 다시 오고 있다니 어린아이가 된 것처럼 설렌다.

그나저나 다른 사람들은 삐삐의 이름이 뭔지 알기나 할까?

'삐삐로타 델리카레사 윈도셰이드 맥크렐민트 에프레임즈 도우러 롱스타킹!'

외우기는 고사하고 보고 읽기도 힘들다. 외우는 것은 포기하고 주근깨투성이 말괄량이 삐삐만 기억하는 것만으로도 행복하면 됐지, 뭘 더 바라겠는가! 어떤 어려운 일도 대범하고 시원하게 해치우고 마는 우리의 영웅, 삐삐를 떠올리는 것만으로도 에너지가 솟구치니 코로나 시대에 다시 불러올 수밖에 없었으리.

그려보고 나서야

진이 다 빠졌다. 여자 꼬마 아이 하나를 그리는 것이 이렇게 힘든 줄 몰랐다. 그렸다 지우기를 수차례 반복했지만 원본과 많이 다르게 그렸다.

작년에 혼자서 그림책 필사를 하다가 다른 이들과 함께해보면 어떨까 해서 블로그에 회원을 모집했다. 혹여 신청자가 없을까 봐 기간을 20여 일 두었는데 바로 인원을 초과해 그 이튿날 마감했다. 그리하여 올(2020년) 2월부터 모임을 꾸렸다. 회원들은 일주일에 한 번씩 베껴 쓴 그림책과 필사 노트를 찍어서 짧은 감상과 함께 밴드에 인증한다. 나는 내일 인증할 그림책을 베껴 쓰다가 마음에 드는 그림이 있어 오랜만에 그림까지 그려보기로 했다.

그림책 베껴 쓰기를 하게 된 것은, 그림 작가는 못되더라도 글작가는 할 수 있지 않을까 하는 마음에서였다. 여러 이유가 있지만 그림을 좋아하다 보니 그림책을 좋아하게 되었다. 덕분에 그림책 에세이도 내고 그림책 강의도 하기에 이르렀다. 그런데 그림을 그리지 못한다는 점이 늘 아쉬웠다. 그림 그리기에 관한 책도 오래전에 여러 권 사 놓았지만 앞으로 나아가지 못했다.

그림책 가운데 유난히 마음을 흔드는 그림들이 있다. 서사를 우선으로 하지만 마음을 끄는 그림들을 보고 있으면 세상 행복이 거기에 다 들어 있는 것만 같다. 그러므로 그림 그리고 싶은 마음은 더욱 커질 수밖에 없다.

하지만 그림을 잘 그릴 수 없다는 생각이 위에서부터 나를 누르고 있기에 부러워만 했지 그려볼 생각은 못했다. 그러다가 코로나19 바이러스로 시간이 많이 여유로워지자 2월 어느 날 '한 번 그려볼까?'라는 마음에 그려보기 시작했다. 생각보다 잘 그려졌다. 아예 못 그릴 것이라 단정 짓고 있었기에 기대치가 마이너스에 있었기 때문이리라.

그런데 그린 그림을 SNS에 올렸더니 "다음엔 그림을 직접 그려서 책을 낼 것이 아니냐?"라는 소리를 꽤 들었다. 물론 과찬이겠지만 계속 그려볼 의욕을 북돋아주었다. 그렇게 이틀에 한 번, 사흘에 한 번 그린 것이 7장이나 되었다. 몰입형인 나는 무엇이든 불붙었다 하면 무섭게 달려드는 사람이라서 그렇다.

그러다가 한참 동안 손대지 않았다는 것을 알았다. 집콕 생활하면서도 아이디어나 할 일이 끊임없이 생기는 바람에 신경을 쓰지 못했다. 그런데 오늘 《뭉게뭉게 구름을 잡으면》(미카엘 에스코피에 글·크리스 디 지아코모 그림, 나는별)이란 그림책을 베껴 쓰면서 그리고 싶은 장면을 발견했다. 이 책에서 가장 단순하고 쉬워 보이는 장면이었다. 여자 아이가 방안에서 천장에 있는 구름을 쳐다보고 있는 모습이다. 벽에는 작은 창이 하나 있고 여자 옆에는 귀엽고 작은 돼지와 빈 상자, 장난감 자동차, 그리고 작고 간단한 나무 두 그루가 있다.

10분도 안 걸리겠다고 생각했다. 자를 대고 방을 먼저 그리고 꼬마 여자 아이를 그리기 시작했다. 색도 따로 칠해 있지 않고 선으로만 스케치되어 있다. 옷과, 신발도 아무 무늬 없이 형태로만 그려져 있다. '누워서 떡 먹기' 정도는 아니어도 쓱 그리면 되겠다 싶었다.

그런데 웬일인고! 위를 쳐다보고 있는 옆모습을 그리는 것이 이토록 어렵단 말인가. 턱과 얼굴선의 경사가 조금만 달라져도 귀여운 꼬마 아가씨가 아니라 늙은 남자로 표현되었다. 이마, 인중, 턱의 미묘한 경사와 코의 방향이 조금만 들리거나 내려가도 역시 늙은 남자가 된다. 일자로 진하게 그린 눈도 위치를 얼마나 바꿨는지 모른다. 머리숱도 쓱쓱 그려서 내린 것 같았는데 직접 해보니 숱이 얼마 안 남은 늙은 남자가 다시 등장했다.

그동안 그림책 따라 그리기에 고무적이었던 것은 동물 그림이었기 때문인 듯했다. 역시나 꼬마 여자 그리기에 많은 시간을 할애했다면, 바로 옆에 있는 돼지는 지우지 않고 단 한 번에 그렸다. 이유가 뭘까 생각하니 사람은 표정이 있고, 동물은 표정이 없기 때문인 것 같았다. 표정을 그리기 위해서는 선 하나라도 섬세하게 처리해야 되니 말이다. 사진 찍기에서도 풍경이나 사물 사진을 찍는 것보다 인물 사진이 어렵게 다가왔었다. 이것 역시 대상의 표정을 잘 살려내느냐 아니냐가 중요하기 때문일 것이다.

그림 작가들은 천재다. 점의 길이, 굵기, 위치, 방향, 경사 등으로 표정을 섬세하게 표현하는 마법의 손을 가졌다. 그려보지 않고는 모른다. 그림뿐만이 아닐 것이다. 직접 글을 써봐야, 작곡을 해봐야, 춤을 춰봐야, 꽃과 나무를 심어봐야, 집을 지어봐야, 비즈니스를 해봐야, 여행을 떠나봐야 자신의 실력과 전문가의 가치를 알게 될 것이다.

나는 한 시간 가까이 꼬마 여자 아이의 얼굴과 씨름해보고 나서 그림책 작가들을 더욱 우러르게 되었다.

폐강합시다

연락이 올 때가 되었는데 없다. 오전까지 안 오면 내 쪽에서 해보기로 했다. 문화센터에서 하는 북토크와 하반기 그림책 강의 진행에 대한 안내 전화를 말하는 것이다. 한 곳에서는 어제 연락이 왔다. 신청자가 한 명이라고 해서 폐강하기로 했다. 다른 문화센터에서 하는 북토크는 이번 주 토요일이어서 더 빨리 왔어야 했다.

3시가 조금 넘은 시간에 전화를 걸었더니 직원이 확인해본다면서, "코로나 때문에 요즘 신청자가 별로 없어요" 한다. 내심 그러기를 바랐다. 잠시 후에 그림책 강의는 한 명이고, 북토크 신청자는 없다고 했다. 그래서 이곳 역시 폐강 처리하고 가을에 다시 하기로 했다. 잘됐다 싶었다.

8월까지 또 여유 시간이다. 너무 많이 쉰 탓인가, 어깨 통증 때문인가. 아니면, 집콕 생활에서도 하루가 어떻게 가는 줄 모를 정도로 할 일이 많기 때문인가, 하고 싶은 것만 하고 지내서 거기에

젖어 버렸는가, 은근히 폐강을 기대했다.

　마침 몸도 피곤했다. 블로그에 올릴 책 리뷰를 1시경부터 2시간씩이나 걸려 쓰고 났더니 어깨도 아프고 피곤이 몰려왔다. 워드 치는 것이나 스마트폰 글쓰기는 어깨에 많은 통증을 가져온다. 전보다 조금 나아진 것 같다고 글 쓰는 양이 많아져서 어깨에 또 무리가 가고 있다.

　왕복 2시간이 걸리는 문화센터에서는 목요일 오전, 집에서 신호등 하나만 건너면 있는 문화센터에서는 화요일과 수요일이다. 여기에 다른 책방에서도 강의가 있을 것 같아 이것들이 시작되면 지금처럼 행복한 시간이 무너질 것이고, 또 바빠질 게 뻔하다. 결과를 듣고 나자 부자가 된 기분이었다.

　개인적으로는 마냥 좋기는 한데 코로나19가 문제다. 5월 초만 해도 지역감염자가 한 자리 숫자로 떨어져 조만간 우리나라에선 일상이 회복되겠다고 예상했다. 그런데 이태원 클럽에서 집단 감염이 생긴 이후 젊은이들 사이로 조용한 전파가 이어지고 있다. 어제는 갑작스럽게 쿠팡 물류센터에서 집단 감염이 있었다고 했는데 오늘 뉴스에서는 27명이 추가돼 누적 확진자가 36명이 되었다. 마켓컬리에서도 1명이 있었다고 한다.

　대구신천지 집단 감염 때에도 31번 확진자로 시작해 수백 명이 되었는데 걱정이다. 코로나 바이러스19의 끈질김이 지겹고도 무섭다. 절대 긴장의 끈을 놓아서는 안 되는 것이라고 알려준다. 사회적 거리두기에서 생활 속 거리두기로 전환하자마자 집단 감염이 생겼다.

쿠팡의 로켓프레쉬 배송 같은 경우는 밤 12시 전에만 주문하면 새벽 배송을 해주어서 늦게 잠자는 경우엔 물건을 받아 놓고 자기도 한다. 코로나 사태 속에서도 쿠팡 매출은 상승 곡선을 그렸다. 구매하는 우리들 입장에서도 터치 몇 번으로 가만히 앉아 받을 수 있으니 감사한 일이 아닐 수 없다. 사회적 거리두기 속에서는 장보러 가는 일도 조심스러우니 많은 사람들은 총알배송해 주는 쿠팡이나 마켓컬리 같은 곳에서 장을 많이 본다. 그런데 집단 감염이라니 물건을 받아도 괜찮은 것인지 걱정되었다. 오늘 낮에도 주문한 것이 있어서 낼 새벽에 올 예정이다. 그런데 이런 걱정을 하는 사람들이 많다면서 물건으로 감염된 사례는 아직 없다고 저녁 뉴스에서 전했다.

일파만파가 되어 버리는 코로나19 바이러스는 그동안의 방역과 사회적 거리두기 실천을 무색하게 만든다. 백신이 빨리 나와서 끝나야 할 텐데 걱정이다. 직장을 잃어버리는 사람들이 생겨나고, 문 닫는 가게와 기업이 늘어나고 있다. 보이지도 않는 바이러스에 일상이 무너져 내리고 온 세계인이 쩔쩔매고 있다.

나이 들면 잘 못 듣는 것

영화 서비스 사이트로 들어가 검색하다가 〈비포 선셋〉이 보여 재생을 눌렀다. 책을 읽다가 이 영화 이야기를 몇 번 마주쳐서 꼭 보겠다고 메모해놓은 게 언제였던가. 최재천 교수도 어느 책에선가 꼭 보라고 추천을 했다.

소나기 같은 두 청춘의 만남과 애틋한 이별이 아름다운 수채화처럼 펼쳐지고 있었지만 나는 멀찍이 시선을 던져두었다. 그들의 나이와 풋풋한 사랑과는 한참 먼 나이여서일 것이다.

그러나 귀에 쏙 들어오는 말이 있어서 얼른 메모했다.

"나이 들면 남자는 고음 듣는 능력이 떨어지고, 여자는 저음 듣는 능력이 떨어진다."

여성은 남성의 저음에 많은 매력을 느낀다. 저음을 가진 사람은 대부분 말이 빠르지 않다. 여유 있고 낮은 남성의 목소리에 매력을 느껴 결혼한 사람들도 있을 것이다. 바로 나다.

물론 그것이 첫 번째 매력이었던 것은 아니지만, 톤이 좀 높고 빠른 내 음성과 대조적인 남편의 저음이 좋았다. 그런데 지금은 내가 그 음성을 싫어하는지 좋아하는지 특별히 생각해보지는 않았다. 하지만 이젠 말수가 적고 점잖은 사람보다 밝고 유머 있는 사람에게 많이 끌린다. 그것도 그 예이지 싶다.

중년이 되면 호르몬이 바뀐다는 사실을 많이들 알 것이다. 남성에게는 남성 호르몬의 양이 줄어들고 여성 호르몬이 증가한다. 여성은 그 반대다. 그래서 남성은 나긋나긋해지고, 여성은 좀 세지는 경향이 있다. 전업주부로만 살아온 이가 중년이 되더니, 어느 날 갑자기 자신의 공간을 마련하거나 비즈니스 시장으로 뛰어드는 것을 종종 봤다. 반면에 중년이 된 남성들이 잔소리가 많아지고 드라마를 즐겨보면서 눈물을 흘린다는 이야기를 많이 들었다. 음성 취향도 그래서 바뀌는 것이지 싶다. 남성이 여성화(?)되면서 고음보다는 저음을 좋아하고, 남성화된 여성은 저음보다 고음을 좋아하다 보니 예전의 능력이 떨어지는 것이겠다. 아니, 바뀌는 것일 것이다.

어디 음성뿐이랴. 얼굴 형태도 변한다. 어르신들이 TV에 나올 때 보면 굳이 신경 써서 보지 않아도 느끼게 된다. 더 나이 들수록 할아버지는 할머니처럼 보이고, 할머니는 할아버지처럼 보인다.

부부가 나란히 나올 때 보면 할아버지는 영락없는 할머니이고, 할머니 역시 영락없는 할아버지다. 그것만이 아니다. 젊은 시절엔 남편이 앞서고 여성들이 뒤를 쫓아가는 모습이었다면, 나이 들어서는 할머니 뒤를 쫓아가는 할아버지들이 많다. 할머니가 눈에 보이지 않으면 불안해하는 경우도 많다.

우리 부부의 미래 모습도 그러할 것이다. 나는 할아버지가 되고 남편은 할머니가 될 것이다. 젊은 시절엔 부모님이 물려주신 성 그대로 살고, 후반 인생에선 반대의 성을 살아볼 수 있으니, 이 얼마나 재미있고 신기한 일인가. 20센티 정도나 더 큰 할머니가 내 뒤를 졸졸 따라다닐 생각을 하니 자꾸 웃음이 나온다. 나이 들어 이런 재미라도 있어야지, 암!

그건 아무도 못 가르쳐요

어제 운동을 무리해서 어깨 통증이 더했다. 아릿아릿한 느낌까지 더해져 기분이 안 좋았다. 따라서 '오늘의 세 시'는 싱싱하지 못했다. 그럴 때는 온욕이 좋아서 하고 났더니 노곤했다. 꼭 읽어야 할 책이 있었지만 리모컨의 유혹을 떨치지 못하고 영화 사이트를 기웃거리다 마음에 훅 치고 들어오는 영화를 만났다. 〈내 사랑 모드〉였다. 영화가 시작되고 나서 뭔가 감이 왔다. 퍼즐 세 개가 딱 들어맞을 것 같은 느낌이었다.

꽤 오래전에 한 화가에 대한 인터넷 기사를 보았다. 아주 작은 창고 같은 오두막에서 몸도 안 좋은 여성이 혼자서 그림을 그려 화가가 되었다는 이야기였다. 글을 쓰는 작가만큼이나 화가를 비롯한 예술가 이야기에도 관심이 많은 내게 그 내용은 남다르게 느껴졌다. 하지만 화가 이름을 기억하고 있지는 않았다.

그리고 재작년, 가까이 지내는 그림책 출판사 대표와 그림책방을 운영하는 대표와 셋이 만나 점심을 먹은 뒤 다른 그림책방에 방문한 적이 있다. 방문했으니 어떤 책이든 사기 위해 서가를 돌아보던 중 맘에 드는 책을 발견했다. 화가에 대한 책이었는데 그 해를 넘기고 또 한 해를 넘긴 이때까지 읽지 못하였다.

제목이 《내 사랑 모드》였지만 1년 반 전에 사 놓기만 하고 책장에 고이 모셔둔 책의 제목을 기억하고 있을 리 없었다. 왜냐하면 사려고 마음먹은 책이 아니었고, '모드'는 아는 화가가 아니었기 때문이다. 영화가 시작되고 나서 웬지 느낌이 오기에 책을 꺼내보았더니 예감이 맞았다. 그 기사에서도 모드에 관한 이야기를 하고 있었다. 가장 나중에 만난 영화를 통해 책으로, 기사로, 과거로의 시간 여행을 한 셈이다.

모드 루이스는 캐나다에서 가장 많은 사랑을 받고 있는 화가이다. 하지만 키는 작고, 어깨는 굽었으며, 관절염이 있는 사람이었다. 비교적 부유한 부모 아래에서 사랑과 관심을 받고 자랐지만 부모님이 일찍 세상을 떠났다. 하나 있는 형제인 오빠하고도 헤어져 이모 집에 살다가 가난한 남자와 결혼했다.

침실로 쓰는 다락방과 다용도로 사용하는 일층의 공간 하나만 있는 오두막에서 32년간이나 그림을 그린 모드는 남편과의 결혼 생활이 행복하다고 했다. 굽은 오른손을 왼손으로 받치고 그림을 그리면서 환하게 웃고 있는 모습이 천진난만했다. 행동이 굼뜨고 불안해보였지만 무엇에든 최선을 다하는 모습에 숙연해지고 명상

영상을 보는 듯했다.

모드의 그림을 보는 순간 모지스 할머니의 그림이 바로 떠올랐다. 전원 풍경을 소재로 한 것이 다르면서도 비슷했다. 그리고 두 사람 모두 독학을 해서인지 그림 풍이 소박하면서도 정겹다. 책에서도 모지스 할머니 그림과 닮았다고 하는 사람들이 많았다고 하며, 캐나다의 모지스로 불리기도 한단다.

영화와 책의 내용에서 다른 부분들이 좀 있는데, 영화에서는 모드가 남편과 다투고 난 뒤 한 여성을 찾아간다. 남편이 파는 생선의 고객이면서 모드의 그림 고객이다. 그 여성은 반갑게 맞으면서 모드에게 그림을 가르쳐달라고 부탁한다. 그러자 모드가 말한다.

"그건 아무도 못 가르쳐요. 그리고 싶은 것을 그리는 거죠. 나는 외출을 많이 안 해서 기억에 있는 걸 그려요. 만들어내는 거죠."

세계인의 큰 사랑을 받고 있는 빈센트 반 고흐도, 앙리 루소, 앙들레 보상, 카미유 봉보아 등을 일컫는 소박파도 전문적인 미술 교육을 받지 않았다. 한때는 반 고흐 그림에 푹 빠졌었고, 전시장에서 본 소박파 화가들의 그림이나 모지스 할머니의 그림 역시 좋았다. 기교가 뛰어나지 않아도 그림에서 전해지는 정겹고 소박한 정서에 끌림이 있었다. 모드 그림 역시 마찬가지다.

잘 알고 지내는 화가 동생에게 그림 교실을 열어달라고 말해본 적이 있다. 그러나 그림은 배우는 게 아니라고 했다. 모드가, "아무도 못 가르쳐요"라고 한 말과 같다. 그러나 모든 사람이 마음에서 우러나는 것을 붓끝으로 표현할 재주가 있는 것은 아니라고 생각한다. 내 경우도 작은 드로잉북에 흉내를 내며 8점을 그려보고 자신감이 조금 생겼지만 거기까지다. 그래서 헷갈리는 일이다.

생각은 그림에서 글쓰기로 이어졌다. 글을 따로 배우지 않고도 잘 써내는 사람들이 많다. 작법을 따로 배우지 많고도 소설이나 시를 써내는 사람들이 있다. 1만 시간의 법칙 속에서 이뤄낸 것일까? 모드가 말한 것이나 아는 화가 동생이 말한 것도 열정을 불태워야 되는 것일까? 하지만 그림을 비롯한 예술은 타고나는 것이 아닌가? 박자 감각이 뛰어나고 좋은 목청을 가진 자가 노래를 잘하는 것처럼 말이다.

누구 말대로 "당신, 해보기나 했어?"라고 한다면 할 말은 없지만, 내 생각이 아주 틀린 것만은 아닐 것 같다. 모든 사람에게는 예술적 재능이 있다고 한다. 다만 그 영역이 다르다고 한다면, 그건 납득이 된다.

모드 루이스에게는 남들이 갖고 있지 않은 섬세한 감수성과 그걸 표현해낼 수 있는 미술적 재능이 뛰어났다는 결론이다.

그렇다면 내게는 어떤 예술적 재능이 있을까? 이 나이까지 발견되지 않았다면 찾아낼 수 없는 것일까? 열정을 불태워 재능 비슷한 것을 만들면 몰라도? 그냥 지금처럼 책을 읽고 글 쓰는 것으로 만족해야 하는 것일까!

지금부터, 그림책을 읽겠습니다

얼마 전에 다녀온 '국자와주걱'을 떠올리고 있었다. 그러자니 생각은 일본의 산골책방 '이하라 하트숍'로 이어지고 있었다. 공통점이 있기 때문이리라.

강화도에 '국자와주걱'이라는 책방이 생겼다는 소식을 들었을 때부터 다녀오고 싶었다. 그러나 대중교통으로 다녀오기에는 멀고도 불편했고, 자동차를 가져가자니 돌아오는 저녁길이 많이 막힌다는 선입견이 있어 선뜻 나서지 못했다. 그런데 때마침 자신의 자동차로 가자고 하는 동생이 있어 몸만 싣고 다녀올 수 있었다.

오랜만에 가는 길이었지만 강화로 들어가면서 특별히 눈에 띄는 풍경은 없었다. 강화대교를 지나 꽤 달렸다 싶을 때 책방이름이 씌어 있는 작은 안내판을 발견하였다. 그런데 마을로 들어선 순간부터 눈이 커졌다. 지나온 길과는 확연히 달랐기 때문이다. 한적해도 그야말로 한적하기 그지없는 전형적인 농촌 마을이었다. 작은 가게마저도 보이지 않고 몇 농가들만 고즈넉하게 있었다. 어떤 후기에는 책방에서 3분 거리에 카페가 있다고 했는데 보지 못했다. 내 어릴 적 살았던 시골 마을과 많이 닮아 있었다.

지금까지 다녀온 책방 가운데 가장 한적하고 아늑한 곳이라 할 수 있겠다. 강원도 깊은 산골에 오로지 책방 건물만 있는 '터득골' 같은 책방은 '한적하다'라는 표현 대신 '고요하다'고 하는 것이 더 잘 어울릴 테니 말이다. '국자와주걱'은 농가의 외형을 그대로 살려서 책방이라고 선뜻 알아차리기도 쉽지 않다.

마을도 조용하고, 책방도 조용했다. 바깥 쪽마루에 앉아 있던 고양이가 마당으로 들어서는 우리를 따라 들어오더니 책방 문을 열자 앞서 들어갔다. 안에는 아무도 없었다. 마당도, 방 두 칸도 그다지 넓지 않았지만 책들은 제법 많이 구비되어 있었다. 천정에선 서까래가 아름다운 자태를 뽐내고 있었다.

한참 책을 구경하고, 살 책을 골라놓았어도 주인장은 나타나지 않았다. 다른 손님도 우리가 갔을 때부터 나올 때까지 단 한 명도 없어서 편하게 구경할 수 있었다. 대신 고양이가 우리를 따라다녔고, 말을 걸 때마다 꼭 대답을 할 정도로 친화력이 좋았다. 그래도 주인이 나타나지 않아 동생이 계산대 쪽에 적혀 있는 전화번호로 연락하니 잠시 후에 나타났다.

조용하고 수수한 차림을 한 여성분이 급할 것 하나도 없다는 모습으로 들어왔다. 도시 같았으면 헐레벌떡 뛰어와 숨을 몰아쉬지 않았을까. 주인장은 나보다 나이가 있어 보였다. 나중에 알고 보니 두 살 많다.

고른 책을 건네자 공책에 일일이 책 이름을 손으로 적고, 면지에는 '국자와주걱'이라는 도장을 꾹꾹 눌러 찍어주었다. 책방을 에워싸고 있는 분위기도, 주인장의 행동에도 느리고도 조용한 시간이 흐르고 있었다.

텃밭과 주방까지 구경시켜준 주인장이 대문 밖에서 우릴 배웅하더니 또 어딘가로 총총히 사라졌다. 외갓집처럼 포근하고 아늑한 책방은 또 아무도 없는 공간이 되었다. 마니산을 마주하고 있는 책방은 소음 하나 들리지 않는 조용한 마을과 아주 잘 어울렸다.

낯이 익지만 책방 이름으로는 꽤 낯선 '국자와주걱'이라는 이름은 단골이자 이웃으로 가까이 지내는 함민복 시인이 지어주었다고 한다. 숟가락과 젓가락은 각자 쓰지만 국자와 주걱은 나눔의 의미를 지닌 주방기구로써 지식과 마음을 나누기를 바라는 뜻이 담겨 있단다.

이하라 하트숍 역시 주민이 100명인 농촌마을에 자리하고 있다. '지방에서 분투하는 작은 서점'을 대표하는 책방으로서 일본의 여러 매체에 등장했다고 한다. 책방을 운영하는 이하라 마미코에 대해서는 하나같이 '주민이 적은 시골에서 문화의 등불을 밝힌 명랑한 여성 서점주'라고 소개한단다. 텔레비전, 신문, 잡지에 등장하여 일부러 멀리서 찾는 손님도 늘었다고 한다. 나 역시 한번 찾아가고 싶은 생각에 지도를 검색해보기는 했으나 도시에서 정말

먼 곳에 있었다. 오사카에서 와카야마 현의 고보 역까지 일본철도 JR 특급전철로 1시간 30분이 걸리고, 거기서 다시 드물게 오는 버스로 1시간 이상 가야 한단다. 이하라 하트숍으로 가는 길을 소개하는 글이 이러하다.

가도 가도 서점이 나올 듯한 느낌은 전혀 들지 않았다. 어디 서점뿐이겠는가. 가게 같은 것도 보이지 않았다. 버스에서 흔들리며 가는 사이에 나타난 가게라고는 마을의 슈퍼마켓 한 곳이 전부였다.

– 《서점은 죽지 않는다》, 90쪽, 시대의 창

'국자와주걱'이 있는 마을로 들어설 때의 분위기와 비슷하다. 마을 어딘가에 가게가 하나 정도는 있는지 모르지만 책방으로 들어갈 동안 보지 못했다. 이하라 하트숍 주변에도 다른 가게가 없었다고 한다.

'이하라 하트숍'이라는 이름만 들었을 때엔 도시에 살던 젊은 여성이 새 삶을 찾아든 외진 시골에서 문을 연 책방이라 생각했다. '국자와주걱'이란 이름을 처음 들었을 때도 같은 생각을 했다. 그런데 나이 지긋한 분들이 지키고 있는 점도 비슷하다. 책방에 온 꼬마들이 이하라 마미코 씨를 보고 할머니라 부른 것을 보니 '국자와주걱'의 주인장보다 좀 더 위의 연배가 아닐까 추측한다.

이하라 하트숍에선 책만 파는 '국자와주걱'과는 달리 각종 컵라면이나 설탕, 소금, 반투명 쓰레기봉투, 주스, 아이스크림 등의 식료품과 생활용품들도 같이 판매하고 있단다. 산골에 있는 가게이니 그럴만하겠다.

내가 시골 정취를 그대로 가지고 있거나 고즈넉한 풍광 속에 있는 책방을 더 좋아하는 것은 사실이나 이하라 하트숍에 가보고 싶은 까닭은 다른 것에 있었다. 이하라 씨가 거리에서 그림책을 읽어준다는 사실 때문이었다.

이하라 하트숍은 지역의 독서 진흥과 판매 활성화를 위해 거래처 총판과 손을 잡고 어린이 북페어를 개최하게 되었다. 이하라 씨가 그 행사를 홍보하기 위해 시작한 것이 '혼자서 그림책 읽어주기 100회 도전'이었다. 당일까지 지역 곳곳에서 그림책을 읽어주면서 행사를 소개해 더 많은 사람들이 북페어에 참여하도록 이끌기 위한 것이었다.

낮에는 책방을 열어야 하기 때문인지 이하라 씨는 아침에 거리로 나갔다. 어느 날은 6시 30분에 미리 기다리고 있는 어린이 네 명 앞에서 산과 들 위로 떠오르는 해를 바라보면서 읽어주었다는 내용도 나온다. 학교 운동장에서도 읽어주고, 마을회관에서도 읽어주었다.

그런데 휴게소의 지역 상품 전시 판매장 앞에서 읽을 때는 들어주는 이가 아무도 없었다. 이것이 내 마음을 강하게 울렸다. 아침 8시 반이어서 그곳에는 빠르게 가게를 드나드는 사람들만 있었다. 그래도 이하라 씨는 "지금부터 그림책 읽기를 하겠습니다!"라면서 그림책 한 권을 다 읽었다. 내 머릿속에는 직접 보기라도 한 것처럼 그 장면이 선명하게 새겨져 있다.

일본에서는 이미 1970년대 후반에 어른들이 자신을 위해 그림책을 읽기 시작했다고 한다. 2000년대 초반에는 어른들을 대상으로 한 그림책 읽기 캠페인 행사도 했다. 나도 우리나라 어른들에게 그림책 읽기 운동을 펼쳐야겠다는 생각을 했다. 2010년대 초반이었는데 그때만 해도 우리나라에선 어른들이 자신을 위해 그림책을 읽는 이들이 드물었다.

그런데 최근 붐이 일어났다. 그림책 강의나 그림책 모임이 여기저기에서 활발하게 일어나고 있다. 나는 블로그에 그림책을 소개하기도 하고, 주위 사람들에게 선물을 해야 할 때에는 그림책 선물을 해서 그림책 만날 기회를 만들어주고 있다. 그리고 그림책 에세이 《책 사랑꾼 그림책에서 무얼 보았나?》를 펴낸 뒤에는 자연스럽게 강의 요청을 받고 있고, 모임도 꾸려가고 있다.

하지만 아직 우리나라에선 그림책 읽는 대상이 대중적이지 않고 젊은 여성층에 많이 몰려 있다. 이제야 30년 역사를 가지고 있기에 50대 이후는 자녀가 어렸을 때조차 그림책을 만날 기회를 갖지 못했다. 시니어 세대와 남성들은 더욱 소외되어 있다. 일본에서는 퇴근 후에 넥타이를 맨 남성들이 여러 테이블에 나누어 앉아 리더와 함께 그림책 활동을 할 정도이다. 그래도 다행인 것은 이제는 우리나라에서도 그림책이 어린이 전용이 아니라 전 연령층에서 향유할 수 있는 책이라는 인식이 퍼지고 있다는 점이다.

나는 전부터 공감과 위로와 성찰의 힘 등을 가지고 있는 그림책을 정말로 필요한 사람들에게 알리고 싶다는 생각을 가지고 있었다. 그래서 그림책에서 가장 멀리 있는 시니어들과 남성들에게도 알리고 싶다는 마음도 가지고 있었기에 이하라 씨의 그림책 읽어주는 이야기가 다시금 떠올랐을 것이다.

> 이하라는 작은 입간판과 접이식 의자, 안내문 종이 뭉치, 그림책이 든 파란색 손가방을 품에 안고 있었다.
>
> — 《서점은 죽지 않는다》, 102쪽, 시대의 창

나도 이하라 씨처럼 작은 입간판이나 배너를 만들어 작은 테이블 옆에 세워 두고 그림책을 읽어주러 거리로 나가고 싶은 충동을 느꼈다. 소품들의 디자인도 상상해보고, 산책을 다니면서도 그럴 장소로 어디가 좋을지 찾아보기도 했다. 어느 일요일 뒷산에 갔는데 등나무 아래 의자에서 수지침 봉사를 하는 이를 보았다. 기둥에는 수지침과 봉사 일정에 관한 내용이 적힌 직사각형의 걸개도 걸려 있었다. 나는 일부러 수지침을 맞으면서 왜 이런 봉사를 하고,

어느 단체에서 하는지 이것저것 물어보았다.

사람들이 운동하러 많이 다니는 곳이므로 그런 곳에서도 그림책 읽기를 해도 좋겠다는 생각이 들었다. 가족 단위로 바람 쐬러 나오는 공원도 괜찮을 것 같았다. 그리고 시니어 분들이 서로 배우고 가르치면서 많은 활성화가 되어 방송에서도 소개된 적이 있는 복지관이 가까이에 있는데 거기로 가서 어르신들에게 읽어드리고 함께 이야기를 나누는 시간을 갖는 것도 좋을 것이란 생각에 이런 저런 기획을 해보았다.

그러는 중에 코로나19 사태가 터졌다. 그러하지 않았으면 어디까지 진행이 되었을지는 모르겠다. 복지관 정도까지는 진행이 되었을 수도 있는데 과연 내가 정말로 거리에서 그림책을 읽고 있을까? 듣는 이가 아무도 없어도 이하라 씨처럼 "지금부터 그림책을 읽겠습니다"라면서 꿋꿋하게 읽을 수 있을까? 그렇지 않다고 해도 상상만으로도 행복했다. 당장은 아니어도 더 나이 들어 그림책 읽어주는 할머니가 된다면 더욱 행복할 것이다.

지금도 여전히 블로그를 통해 그림책 전파에 힘을 보태고 있고, 그림책 모임도 이끌고 있다. 북토크를 할 때는 꼭 그림책 한 권을 낭독한다. 참여자가 대부분 여성들이어서 남성분들도 참여해달라고 호소했더니, 광화문 교보문고에서 할 때는 정말로 남성분들이 많이 참여해주었다. 그리고 집으로 돌아간 뒤 내가 소개한 그림책을 사서 읽고 리뷰도 남겨주는 이들이 있어 감동이었다.

'국자와주걱'이 추구하는 방향과 이하라 씨가 그림책 읽어주는 일에는 책 속에 있는 아름다운 가치와 힘을 주위에 펼친다는 공통점이 있다. 코로나19로 외부와 소통이 끊어지면서 신나는 내 상상도 희미해져가고 있었는데 '국자와주걱'이 그 생각을 들춰주었다. 거리로 당장 나갈 수 없을지라도 필요한 곳들을 찾아다니며 나도 그림책의 힘을 퍼내는 국자와 주걱이 되기를 기대해본다.

코로나19를 뚫고 온 소식

　오전부터 손에 일이 잡히지 않고, 구름 위에 붕 떠 있는 기분이 었다. 큰딸이 지원한 회사에 합격했다는 소식을 전해왔기 때문이 다. 그뿐 아니라 합격자 부모 앞으로 과일바구니를 보내준다고 주 소와 연락처를 적고 왔다는 것이다. 요즘 대기업의 풍조라고 한다.

　택배 기사로부터 1시부터 3시 사이에 배달된다는 문자는 받았 는데 언제 오려는지 목만 길어지고 있었다. 혹시 벨을 누르지 않고 갔을까 싶어 두어 번 열어봤지만 오지 않았다. 드디어 세 번째 열 어보았을 때 큰 박스가 문 앞에 있었다. 박스를 뜯으니 커다란 과 일바구니가 나왔다. 거기에는 갖가지 과일들이 들어 있었다. 거실 커튼을 치고 책상 위에 올려놓은 뒤 사진을 찍어 가족 단톡방에 올 려서 함께 축하해주고 기쁨을 나누었다.

　큰딸은 대학 마지막 학기에 인턴으로 있던 회사에 다니다가 정 직원이 되어 반년을 더 다녔다. 하루는 목소리를 가다듬고 할 말이 있다고 했다. 잔뜩 긴장하고 들었더니 회사를 관두고 대기업이나 금융권 쪽으로 들어가기 위해 취업 시험 준비를 하고 싶다 했다. 회사와 병행하려니 힘들다면서 그동안 모은 600만 원 정도로 생활하는 데 쓰겠다고 했다.

나는 아이들이 어릴 때부터 그들의 의사를 존중하는 편이었다. 아이들 것이라면 돌멩이 하나라도 물어보고 버렸다. 장래에 관한 일이라면 더욱 그러하였고, 자연스런 방법으로 키우고 싶었다. 그래서 큰딸이 재수한다고 했을 때도, 작년 연말에 회사를 관둔다고 할 때도 알아서 결정했을 것이니 그리하라고 했다. 딸은 그때마다 우리가 그걸 받아주어 오늘의 결과가 있다면서 감사하다고 했다.

딸은 최종 면접을 보고 온 날 자신 없게 말했다. 압박 질문이 있었고, 다른 면접생들이 너무들 말을 잘 했다는 것이다. 그때 나는 "붙으면 좋고, 떨어지면 더 좋다"라고 했는데 진심이었다. 딸이 원한 것이니 붙으면 좋겠지만, 금융계와 대기업 생리가 딸에게 힘들지 않을까 싶었기 때문이다. 평소에도 딸들에게, 돈을 적게 벌어도 행복한 일을 하라고 종종 말했다. 그리고 면접관들은 누가 대답을 잘하고 얼마나 스펙이 좋은가 보다는 질문과 대답 사이에서 눈에 보이지 않는 이면과 인성을 보고, 회사에 잘 맞을 사람을 뽑을 것이라 말해주었다. 조금은 내 말이 맞은 것 같았다.

딸이 첫 회사를 그만두었을 때 얼마 안 있어 코로나19 사태가 시작되었다. 대기업들도 채용을 미루고, 인원도 줄이고 있다는 뉴스가 계속 보도되었다. 딸이 조바심 낼까 봐 이참에 쉬라고 했다. 긴 인생에 견주면 지금은 아무것도 아니니, 마음 편히 먹고 천천히 준비하라고도 했다. 그런데 서류 심사도 쉽지 않은 현실에서 수천 명이나 되는 지원자들 가운데 합격 소식을 가져와서 감사했다.

딸이 이번에 입사한 증권사 이름을 말하면 열이면 열 모두가 놀라워했다. 정작 남편과 나는 그 분야에 얼마나 눈이 어두운지 "○○투자증권이 대기업이야?" 할 정도였다. 코로나19에 감염이 라도 될까 봐 걱정하는 나와는 달리 딸은 일주일에 서너 차례나 되 는 스터디 모임에 참여하며 열심이더니 결국 준비한 지 반년 만에 합격 통지를 받아냈다. 시국이 시국인지라 필기시험은 생략되고 서류 심사를 거쳐 면접이 세 차례 있었는데 첫 면접관은 AI였다니 우리 때와는 딴 세상에 살고 있다.

사회적으로는 코로나19가 가장 큰 화제가 된 2020년, 개인적 으로는 큰딸이 제 밥벌이를 위해 원하는 회사에 들어갔고, 나는 하 던 일이 뚝 멈춰버려 가장 한가한 날들을 보내고 있다. 그리고 남 편은 반년이나 넘게 집에 오지 못하고 있다. 이래저래 잊기 어려운 해가 될 것 같다. 그러함에도 모두가 잘 견디고, 뚫고 나가고 있으 니 바이러스만 강해지는 게 아니라 우리도 함께 강해지고 있음이 어라. 아니, 한 발 앞서 더 강해지리라.

* 남편은 1년 4개월이 지난 현재까지도 오지 못하고 있다.

잘하시던데요

 함께 판소리 강습을 받던 동료에게 전화했다. 2월 중순 이후 강습을 나가고 있지 않아 다른 그룹은 어떤지 궁금했다. 시청 공무원으로 일하고 있는데 역시 못 나가고 있었다. 공무원들은 행동에 더 조심해야 하고, 이 시기에 다른 활동을 할 수 없다고 한다. 게다가 그이는 격리자들을 관리하고 있다 했다. 지금은 동남아에서 들어오는 근로자들이 코로나19 보균자로 들어오기도 하고 확진자도 점점 늘고 있어 일손이 부족할 정도란다.

 다른 강습반들도 비슷할 것 같았다. 소리를 크게 내지르며 해야 하는 특성상 코로나19가 퍼지고 있는 상황에서 강습소에 나가고 있을 학생은 많지 않을 듯했다. 지금까지 소리길만을 걸어온 선생님이 걱정되었다. 한두 달은 어찌 견딘다 해도 반년이 가까워지고 있는 시간이 흘렀다. 한 디지털 대학에서 강의를 맡고 있다 해도 생활이 가능한지, 무력감에 빠져 있는 건 아닌지 염려되었다.

 코로나19가 쉽게 해결되지도 않고, 그런다 해도 우리는 앞으로 이런 바이러스와 함께 살아야 한다니 우리 삶의 생태계도 그에 맞게 변해가야 할 것이다. 그림책 분야의 강사나 활동가들도 점차 온라인으로 옮겨가고 있다. 그런데 소리 선생님처럼 지금까지 전통적인 방법으로 일을 해온 사람들은 그 변화에 잘 적응할 수 있을까?

오프라인 모임을 할 수 없으니 자연스럽게 삶의 형태가 달라지고 있다. 아니 달라져야 살 수 있다. 그렇다면 나는 어떨까? 글 쓰는 것에 전념하고 싶지만 책을 내고 그다음은? 그간 책을 낼 때마다 책방과 도서관 등을 다니면서 많은 북토크를 해왔다. 너무 많은 책이 쏟아져 나오는 요즘엔 독자의 눈에 띄지도 못한 채 사라져가는 책이 많다. 그리하여 작가들도 책이 나오면 직접 홍보에 나서고 있다. 북토크 역시 그런 홍보의 한 수단이다.

그렇다면 나도 북토크나 강의를 한 번도 해본 적 없는 온라인으로 해야 하는 것일까? 썩 내키지 않아도 받아들여야 할 때가 온 것 같다. 하지만 속절없이 하루하루 시간은 잘도 가고 있다.

그러던 차에 한 시립도서관으로부터 강의 요청이 왔다. 온라인 강의에다 임산부와 영유아 학부모를 대상으로 한 그림책 강의였다. 처음에는 거절하려고 했다. 일반인을 대상으로 하고 있기에 그들을 대상으로 한 강의 경험이 없기 때문이었다. 하지만 온라인 강의를 해봐야 한 발 나아갈 수 있다는 생각에 도전하기로 했다. 그러고 나면 나도 내가 호스트가 되어 온라인 강의를 열 수도 있을 것이다.

긴장된 마음으로 강의실 문을 밀고 들어섰다. 30분 전에 오라고 했지만 한 시간 전에 갔더니 사서가 막 장비 세팅을 시작하고 있었다. 평소라면 책상과 의자들이 가득했을 강의실은 텅 비어 있고, 정 가운데에 테이블 두 개가 놓여 있었다. 그 위에는 노트북과 카메라, 마이크가 있고, 정면 벽에 TV 모니터가 걸려 있었다.

10월 중순인데 갑자기 쌀쌀해진데다 생애 첫 온라인 강의라서 많이 떨렸다. 줌 프로그램 사용도 처음이어서 서툴고 실수를 할 수도 있기에 긴장되었다. 하지만 사서가 옆에서 그때그때 처리해줄 거라 생각하니 한편으론 안심이 되었다.

드디어 시간이 되었고 수강생들이 하나 둘 강의실로 입장했다. 그런데 비디오를 안 켜서 모니터는 캄캄한 벽이 되어 있었다. 큰일이다. 사람들 눈을 마주 보면서 해야 말이 자연스럽게 이어질 텐데 말이다. 하지만 어쩌랴. 나는 벽보고 혼자 떠드는 사람이 되었다.

계속 그러면 재미도 없고, 잘할 자신도 없을 것 같아 비디오를 켜고 나와 주십사 부탁했다. 그래도 나오는 이가 없어 질문에 답하는 분에게 내 책을 선물한다고 하니 한 명 두 명 얼굴이 보였다. 그리하여 다섯 명 정도 되었다. 그것으로도 다행이었다. 그 다섯 명 덕분에 1시간 40분 강의를 그런대로 즐겁게 마칠 수 있었다.

마치고 나니 강의 요청을 받아들이기 잘했다는 생각이 들었다. 요양원에 있는 엄마 생각에 울컥했다는 이도 있었고, 소개한 책들을 딸과 함께 도서관에 가서 빌려왔다고 나중에 문자를 보내온 이도 있었다.

내게 익숙하지 않은 강의 의뢰가 왔을 때는 아무래도 망설여지게 마련이다. 하지만 그럴 때는 과감히 한다고 말하리라. 걱정되면 준비를 더 하게 될 것이고, 열심히 준비해서 마치고 나면 더 큰 보람을 느낄 테니 말이다. 이제는 다음 강의가 기다려지기도 한다.

큰딸이 고등학교 때 팝핀 댄스 동아리 활동을 하면서 몇 차례 공연 무대에도 올랐다. 떨리지 않았느냐고 묻는 내게 "떨려도 하고 나면 또 하고 싶어져요"라고 했는데 내게는 강의가 그렇다. 매번 떨리지만 매번 희열을 느낀다. 참여자들의 눈동자들에서 큰 힘을 얻는다. 그래서 쉬이 못하겠다는 말을 못한다.

강의 끝나고 가장 많이 듣는 말은 내게서 열정이 많이 느껴져서 자신도 무언가 하고 싶어진다는 말이었다. 이번에는 강의가 끝나자 사서가 말했다.

"잘하시던데요!"

이런 말 때문에 강의하는 맛이 난다.

나를 만난 뒤 상대가 새로워져야 한다는 법정 스님 말씀처럼 수강생이 부족한 내 강의를 듣고 조금이라도 새로워진다면 더 이상 바랄 게 없다. 그리고 이번에는 내가 변했다. 온라인 강의를 한 후에 내가 리더로 있는 그림책 모임을 온라인으로 열었고, 두 달에 한 번씩 정기적으로 만나고 있다.

　온라인 모임은 새 세상이었다. 노트북이나 휴대폰을 바로 코앞에 두고 하니 오프라인에서 만나는 것보다 오히려 더 밀착된 느낌이었다. 그래서인지 모임을 거듭할 때마다 회원들과의 거리도 급속도로 가까워진다. 공간의 벽뿐만 아니라 마음의 거리까지 가깝게 하는 줌 프로그램은 장거리에 있는 연인과 화상 통화를 하기 위해 만들었다고 한다. 그는 이것이 코로나 시대에 많은 이들에게 유용하게 쓰일 줄 알았을까? 사랑하는 이를 보고 싶어 하는 마음이 녹아든 프로그램이어서인지 처음 보는 사람과도 조금만 지나면 친근해진다.

피아노를 떠나보내며

오전에 피아노를 떠나보내고 나자 오후 시간이 분주해졌다. 피아노 한 대가 나갔을 뿐인데 집안 몇 곳을 바꾸고 있었다. 장마철이라 땀으로 적시면서도 한번 시작된 정리는 멈춰지지 않았다.

지난해 이사 올 때 피아노 놓을 자리 때문에 고민이었다. 크기가 있어 딸들 방에 둘 수가 없었다. 거실 창문 쪽에 둘까 하다가 거기엔 내 책상을 두고 싶어 안방 침대 옆 빈 공간에 두었다. 그런데 이번에는 피아노가 나간 자리로 책상을 옮겼다.

이사 온 후 딸들이 피아노 뚜껑을 연 것은 몇 번 되지 않는다. 그러므로 이사할 때 버리고 왔어야 했다. 그랬더라면 안방 가구 배치에 고심할 필요도 없었을 테고 공간 활용도 잘 했을 것이다. 정작 딸들은 크게 미련이 없었는데 치지도 못하는 내가 버릴 수 없어 끌고 왔다. 이사할 때 엄청난 양의 가구를 버릴 때 같이 버렸더라면 비용도 따로 발생하지 않았을 것이다.

학교 다닐 때 음악 시간이 되면 시작종이 울리기 전에 서로들

치겠다고 풍금이나 피아노 앞에서 실랑이를 벌였다. 거기에 나도 끼어 있었다. 집에 피아노가 있다는 것은 언감생심 상상조차 못할 때였다. 그러다가 가정을 꾸리고 딸들이 피아노 학원을 다니기 시작하자 한 대 마련해주고 싶었다. 새 것으로 사줄 형편이 못되어 중고로 샀다.

피아노를 잘 아는 친구에게 사진을 찍어 보냈더니 초창기에 나온 모델이라 귀하고 품질도 좋은 것이라 했다. 하지만 매입업체에서 나온 청년이 뚜껑을 열어보더니 습기가 너무 찼고 연식도 오래되어 폐기처분해야 한다고 했다. 그럼 그리하라 했더니 밖에서 기다리고 있던 나이 든 남성이 들어왔고 둘이서 단숨에 끌고 나갔다. 피아노는 그들이 온 지 채 5분도 안 되어 노잣돈 10만 원에 사라져 버린 것이다. 이제 피아노는 더 이상 이 세상에 존재하지 않는, 우리 가족 추억 속이나 사진으로만 존재하게 되었다. 가슴 한쪽이 허했다.

그들이 피아노를 끌고 나가자마자 나는 깔아놓은 방음 패드도 치우고 청소기로 먼지를 깔끔하게 치운 다음 거실에 있는 책상을 옮겨달라고 부탁했다.

피아노를 처분할 것인지에 대한 고민은 이사 오기 전에도, 오고 나서도 줄곧 있었다. 그런데 처리하기까지 그 많은 시간을 보낸 것과는 달리 나가자마자 이상하게도 내 안에서는 새 에너지가 돌고 있었다. 책상 위에는 액자를 걸고, 도쿄의 헌책방에서 사온 피아노 엽서 사진도 걸어두었다. 그 엽서로 피아노가 있던 자리라는 걸 증명이라도 하듯 말이다.

어깨를 조심해야 하는 상태인데도 내 정리는 쉬이 끝나지 않았다. 대피공간에 고이 모셔둔 소리북 두 개를 꺼내 거실과 복도 끝에 있는 책장 앞에 두었다. 떡본 김에 제사 지낸다고 대피공간도 말끔히 치우고 났더니 그 기운은 안방 베란다로 뻗쳤다. 바닥에 있던 빈 화분들과 선반에 있던 양파와 마늘 망 그리고 걸레통을 치우다 보니 서서히 내 차 마시는 공간으로 바꾸고 싶어졌다. 고가구점에서 산 값 나가는 나무 의자까지 옮겨놓고, 선반에는 차 마시며 볼 책 한두 권과 소품들을 갖다놓았다. 그러고 나니 기분이 말끔해졌다.

매입업체에 전화하기까지 몇 년이라는 시간이 걸렸고, 그들이 오기로 한 전날에는 피아노 주변을 정리하는데 마음이 몹시 허전했었다. 오랜 시간 함께한 것을 떠나보내는 것은 가까운 사람과 이별하는 것과 크게 다르지 않기 때문이다.

그런데 피아노가 사라지자마자 정리하면서 그 마음이 너무 빨리 사라졌다. 아니 오히려 집안 분위기를 바꾸면서 기분 전환이 많이 되어 스스로도 놀랐다. 그래서 앞으로는 물건을 버릴까 말까 고민될 때에는 과감하게 버리기로 했다.

정리 코칭으로 유명한 콘도 마리에는 물건을 하나하나 손에 들거나 대고서 설레지 않으면 버리라고 말한다. 그 설렘이 허전함과

혼동될 수 있겠다. 기준은 심장이 뛰는 것이냐 아니냐로 구분될 것이다. 가슴에 구멍이 생길 것 같은 허전함이 있어도 설레지 않으면 버리는 게 맞는 것 같다. 내겐 피아노가 그런 존재였음을 알았다. 설렘이 아닌 허전함이 컸던 것이다. 그럴 땐 사진으로 남겨두면 될 것이다.

피아노가 나간 뒤에 달라진 게 있다면. 대부분의 내 일상이 거실책방에서 이루어지고 있지만 글 쓰는 일은 피아노 자리로 옮겨 온 책상에서 하고 있다는 점이다. 이에 충분히 만족하고 있다.

피아노 생각은? 글쎄, 그러고 보니 거의 안 하고 있었다. 그래서 살아가기 마련인가 보다. 사람이든 물건이든 힘든 이별을 한 후에도 우리는 어쨌든 살아가야 하니, 잘 잊는 것도 퍽 괜찮은 삶의 기술인 것 같다.

chapter 4

내 몸에서 나를 만나다

빈둥대는 시간

눈을 뜨고서도 한참을 침대 위에서 뒹굴댔다. 어깨 통증 줄인다고 바닥 온도를 최고치로 높이고, 어제 읽던 책도 가져왔다. 또 다시 한참이 지나 몸으로부터 이제 일어나도 좋다는 신호를 받고서야 부스스 일어났다.

그리고 습관적으로 주방으로 갔다. 밥솥에는 찬밥이 한 주걱 정도 남아 있었다. 다른 날 같으면 바로 쌀을 씻었겠지만 즉석밥을 먹기로 했다.

FM을 틀어놓고 냉장고에서 상추를 꺼내와 씻는데 기분 좋은 감정이 밀려왔다. 그저 흐르는 물에 한 잎 한 잎 상추를 씻고 있었을 뿐인데, 알 수 없는 행복이 느껴지다니 경이롭기까지 했다. 잔잔하고 포근한 그 감정이 날아가지 않도록 마음 한 자락으로 지그시 눌렀다.

코로나19 확진자도 10명 이하로 줄어들고, 서서히 일상으로 돌아갈 시간이 오고 있다. 그렇게 되면 이런 행복을 또 느낄 수 있을까?

세 달 넘게 집콕 생활하는 동안 모든 알람을 껐다. 일정표를 확인하던 일도 사라졌다. 그러다 보니 자연스레 지난 시간을 짚어도 본다. 늘 같은 시간에 나가야 하는 직장인이 아닌데도 뒷산에 꽃이 피는지, 단풍이 드는지 몰랐다. 해야 할 일이 기다리고 있어서 그 일들을 어서 마쳐야 된다는 생각 속에 갇혀 있었다. 열정도 넘치고 호기심도 많아 눈에 걸려드는 것이 있으면 바로 그 속으로 뛰어드니 할 일도 많았다. 그러고는 그 누구보다 열심히 한다. 몰입형이라 어떤 일에 빠지면 밥 먹는 것도 잊고, 날 새는 것도 모른다. 그러하니 학교를 다닐 때든, 사회에서든 두각을 보일 수밖에 없는 사람이었다. 그것은 내 자부심이기도 했다.

오십이 넘어 삶의 고삐를 좀 늦추기는 했으나 요즘만큼은 아니었다. 나를 압박하는 존재가 아주 없는 것이 아니었기 때문이다. 그리하여 몸은 여기 있는데 마음은 다음 일을 계산하느라 저 멀리 달려나가는 엇박자 생활을 할 수밖에 없었다. 결과를 내기 위해 서둘러야 했던 조급함은 조화롭지 못한 삶을 살게 했다. 자연히 몸도 상했다.

그러므로 상추 씻는 일 같은 데에서 행복을 느끼기는커녕 그런 일들은 안 하면 좋은 것들이었다. 가족을 위해, 한 끼를 해결하기 위해 재빠르게 손을 움직여 끝내야 하는 일이었으므로, 그것은 치워버리고 싶은 걸림돌이었다. 따라서 오늘처럼 상추를 씻으면서 이런 작은 기쁨을 느낄 수 있었겠는가. 그 순간의 섬세한 감정을 어떻게 알아차릴 수 있었겠는가.

그러나 그건 단순히 상추 씻는 행위 하나에서 비롯된 것은 아닐 것이다. 눈이 스스로 떠질 때까지 자고, 몸이 일으켜 세울 때까지 침대에 있었으며, 식욕이 돋을 때 식사를 준비하는 일련의 여유로움이 가져다준 것이었을 것이다.

나는 열심히 해서 뛰어난 성과를 내는 것이 미덕이었던 세대를 거쳐 온 사람이다. 치열하면 치열할수록 좋았다. 따라서 아무것도 안 하고 빈둥거리고 있으면 마음 밑바닥에서부터 불안감이 치고 올라온다. 그럴 때면 책이라도 붙잡고 읽어야 한다.

상추 씻기는 몸과 마음을 거스르지 않는 일상을 살아야 한다고 알려주었다. 그러므로 코로나19가 종식된다 해도, 급하게 달려가려고 서두르지 않으면서 내 감정과 컨디션을 보살피는 일은 계속되어야 한다. 중간에 빈둥대는 시간을 일부러라도 만들어야 한다. 아무런 계획도 세우지 말고 몸이 원하는 대로 그냥 놔두는 날들을 이제는 조금씩 늘려야 한다. 나로선 적지 않은 용기가 필요하겠지만 삶의 질을 높이기 위해서 꼭 필요한 일이다.

좋은 감정이 스며들어 있을 상추에 잘 구운 삼겹살을 싸 먹으며 '빈둥대는 시간'을 한껏 즐기니, 시작하지도 않은 하루가 충만한 느낌이었다.

바람난 뼈들아, 어서어서 돌아오렴

두어 시간 가까이 엄청난 고문에 시달리다 놓여났다. 돈을 벌려고 매를 맞은 홍부도 아무리 많은 돈을 준다 해도 지압받는 일엔 쉽게 나서지 않을 것이다. 어찌 그리 혈을 잘 잡아내고, 틀어진 뼈를 잘 찾아내는지 몇 초 동안 누르고 있을 때는 별의별 생각을 다 한다. 예를 들면, 독립 운동가들이나 민주화 시위를 하다가 잡힌 학생들이 받은 고문이 이랬을까, 만약 내가 그 주인공이라면 날보고 함께한 이의 이름을 불면 살려주겠다는 꼬임에 안 넘어갈 수 있을까라는 것들이다. '빨간 머리 앤'의 상상력을 빌려 오기도 한다. 나도 모르게 신음 소리가 날 만큼 아파도 원장님 손끝에서는 아름다운 새들이 날아가고 있다고 상상하는 것이다. 그러면 정말 조금은 덜 아팠다.

지압이 끝나면 벼르던 정형외과를 가보려고 했다. 운동처방을 해주는 단골 병원 말고 새 병원으로 가서 다른 치료 방법을 찾아볼 생각이었다. 요 며칠 간 더 아팠기 때문이다. 통증관리원에서는 명

현현상으로 그렇다 했다. 지난번 받을 때도 몸살을 앓을 것이란 말을 듣기는 했다. 크게 아프지 않은 상태에서는 지압을 받아도 아프지 않다. 그것이 정상이다. 그러나 현재 어깨에 문제가 있어서 치료받는 내겐 더 없는 고통이다.

원장님은 그 뿌리가 폐라고 했다. 다른 사람들처럼 폐 가운데가 골이 져야 하는데 내 폐는 편편하고 좀 튀어나왔단다. 이런 폐는 부모님께 물려받은 것이라고 한다. 8년 동안 지압을 하면서 이런 사람을 5명 보았으며, 암에도 잘 걸린다는 무서운 소리도 했다.

병원에 가볼 것이라는 말에 전기로 석회를 부수고, 수술을 한다 해도 뿌리를 캐내지 않으면 아무 소용이 없다고 한다. 식물의 잎이 마르고 죽었다면 어디가 문제인가 하면 뿌리의 문제라고 말이다. 수술해도 또 같은 현상이 나타날 것이라고도 했다.

나는 오른쪽 어깨가 많이 아프지만 지압을 받을 땐 왼쪽이 훨씬 더 아팠다. 왼쪽 어깨의 뼈 하나가 돌출되어 있다고 한다. 그래서 오른쪽 어깨가 더 아프다고 한다. 돌출된 뼈를 제자리로 가져다 놓으면 오른쪽 어깨 통증도 사라진다는 논리다. "아버지가 바람을 피우면 그 집안은 어떻게 되겠어요? 아버지를 집에 데려다놓아야 집안이 평안하고 걱정이 없지 않겠어요?"라고 한다. 사후의 아버지 태도도 문제겠지만 겉으로 드러난 문제에 있어서는 틀린 말은 아니다. 그 말이 적절한 예는 아니다 싶으면서도 무슨 말을 하려는지 알겠으니 끄덕여주었다.

원장님은 척추를 손으로 만져보고 어딘가를 공략하여 손이나 팔로 누른다. 귀신 같이 아픈 곳을 잘 골라낸다. 지난번에는 양 무릎을 만져보더니 오른쪽 무릎에 문제가 있다고 했다. 한 시간 이상 운전을 하면 오른쪽 무릎이 아파 장거리 운전을 싫어하는데 그걸 콕 집어냈다. 뼈를 만져보면 오랜 경험으로 어디가 안 좋은지 알 수 있다고 했다.

지압을 받고 나니 그렇게 아팠던 어깨가 가벼워졌다. 물론 이 어깨는 하룻밤 자면 또 몸살을 앓을 것이다. 속도 좀 울렁거렸다.

원장님이 손끝으로 알아낸 내 통증의 뿌리는 폐이다. 이것으로 몸 전체의 균형이 깨졌다. 그걸 몰랐다면 내 노년은 내과, 정형외과, 산부인과 등을 두루 돌아가며 찾아다녀야 했을지도 모른다. 가지와 잎만 치료한다고 말이다. 많은 전문의들은 뿌리 대신 눈에 보이는 부분만을 치료해줄 테고 말이다.

큰 그림을 볼 줄 알아야 한다. 뿌리를 찾는 일은 가장 먼저 해야 할 일이고 중요한 일이다. 난 원장님에게 몸을 맡겨보기로 했다. 통증의 뿌리를 찾아내어 열심히 몸을 만들어주고 있으니 몸이 원래에 가깝게 돌아간다면, 노년의 뿌리를 잘 내릴 수 있을 것이란 기대도 된다.

그러니, 바람난 뼈들아 어서어서 집으로 돌아오거라. 내 전어라도 구워놓을까?

자나 깨나 죽음 생각

한여름 땡볕 속을 뚫고 건강보험공단을 찾았다. 민원실로 들어가자 안내하고 있는 남성이 무슨 일로 왔는지 물었다. 번호표를 뽑으려다 말고 자초지종을 설명했다.

"오늘 정형외과에 갔는데 제가 암 진단 받았다는 기록이 뜬다는데요, 전 그런 적이 없어서 알아보러 왔어요."

그러자 뚝한 안내인이 잠시 기다리라더니 어디론가 전화를 걸어 내 사정을 전한다. 잠시 후 전화를 끊더니 다른 곳으로 또 걸어서 같은 말을 전한다. 그러고는 내게로 와서 자리에 앉아 기다리면 누가 올 것이라고 했다.

생각보다 시간이 많이 지났다 할 즈음 사무실 안쪽에서 나온 남성이 종이를 내밀며 사인하라 한다. 개인정보동의서였다. 그리고 내 신분증을 가져가더니 또 한참 후에 무슨 쪽지를 가져와 주었다. 쪽지에는 이런 문장이 씌어 있었다.

D06.1 자궁경부의 제자리 암종

이게 대체 무슨 말인가. 암종, 암 종류의 줄임말인가, 암 뿌리를 말하는 것인가. 얼른 검색해보니 암세포로 변하기 전의 이형세포 상태를 말하는 것이었다. 2018년도가 끝나갈 무렵 건강진단 결과에서 자궁이형성증이 나왔고, 암 전 단계에서도 1단계였다. 그런데 반년이 지나 다시 검사해보니 3단계로까지 발전해서 소견서 받아 대학병원에서 치료를 받았다. 24회에 걸친 치료여서 마치 항암치료 같은 느낌이기는 했다. 그런데 병명이 제자리 암종이라는 사실을 오늘에야 알았다. 검색하면서 보험 혜택까지 받을 수 있는 진단명이라는 것도 알 수 있었다. 그렇다면, 심각한 것인가. 정작 당사자인 나는 그걸 모르고 있었다니…….

암도 아니고 치료도 받았으니 괜찮을 거라 가볍게 여기고 있었다. 대장 검사에서도 암으로 발전할 수 있는 선종을 떼어내고, 위에는 염증도 있었다. 면역력이 많이 떨어져 있다고는 생각했으나 위험 단계라고는 생각하지 않았다. 가수 원미연이 건강 프로그램에서 나처럼 대장에서 선종을 떼어내고 엄격한 식단 관리하는 것을 보았다. 뿌리, 잎, 열매채소를 골고루 챙겨 먹으며 이겨냈다고 했다. 그렇다면 나는 왜 가만히 있었지? 이런 무식한 사람이 다 있나!

치료받는 동안 산부인과 교수가 운동하라고 여러 차례 강조했었다. 그런데 북토크와 강의 다닌다고 거의 못 했다. 그러다가 올해 코로나로 일이 다 멈춰서 운동을 시작할 수 있었다. 운동이라고 해야 뒷산 다니는 것과 어깨 통증 감소를 위한 몇 가지 간단한 운동뿐이지만 말이다.

얼마 전 나보다 다섯 살이나 어린 대학원 선배 하나가 자궁암으로 세상을 떠났다는 소식을 들었다. 그것이 적지 않은 자극을 주었다. 이제 나도 신경 쓰지 않으면 안 될 것 같다는 생각에 덜컥 두려움이 느껴졌다. 3사 보험사에서 총 800만 원이나 되는 보험금을 지불해줄 정도면 그냥 넘어가서는 안 될 병이 아니지 않을까.

오전에 어깨 치료하러 간 정형외과에서 이 사실을 듣지 못했다면 나는 여전히 무심하게 지냈을 것이다. 그리고 그때는 왜 없는 병을 기록해서 프라이버시를 침범하나 했다. 분명 의료보험공단에서 다른 사람의 것을 잘못 기록했을 거라 추측했는데 아니었던 것이다.

돌아오면서 생협에 들러 채소를 잔뜩 사왔다. 그것도 모자라 집에 와서는 단호박, 방울토마토 등을 인터넷몰에 주문했다. 이제 나는, 내가 먹는 것이 나를 만든다는 생각을 머릿속과 가슴속에 깊이 새겨두어야 한다. 죽음이 멀리 있지 않다는 생각을 곱씹으며 관리할 것이라고 다짐했다.

아침에는 죽음을 생각하는 것이 좋다고 했던가. 난 밤에 불을 끄고 잘 때 그런다. 그러나 이제부터는 자나 깨나 해야 한다. 난 겨우 오십대 중반밖에 되지 않았고 하고 싶은 것이 많은 사람이니까.

그만 멈춰!

체외충격파와 도수치료를 끝내고 냉찜질을 하고 있는데 전화가 왔다. 판소리 선생님이었다. 선생님은 바로 옆에 있는 도서관에 책을 반납하러 갔다가 내 강의 안내 포스터를 보고 너무 반가워서 전화를 했다고 한다. 그 도서관에서 그림책 강의 일정이 잡혀 있었다. 요즘 판소리를 쉬고 있는 데다 따로 연락도 하지 않아 그렇게 소식을 접한 것이다.

강의를 한다니 선생님은 내 어깨가 많이 좋아졌나 보다고 생각했다는데, 실은 그 강의 준비한다고 어제 두세 시간 컴퓨터 앞에 앉아 있었더니 거의 사라진 통증이 다시 왔다. 그래서 요즘은 안 하던 체외충격파를 또 받았다.

어깨 통증 이야기하다가 공복혈당장애 판정을 받아 식단관리와 운동을 열심히 하고 있다고 말했다. 그리고 나처럼 단것 좋아하지 않는 사람도, 잠을 늦게 자거나 운동을 하지 않고 오래 앉아 있는 사람에게도 올 수 있다고 했더니 감이당 연구원 고미숙 씨 이야기를 해주었다.

　그이는 워낙 많은 책을 펴낸 유명인이다. 그래서 남들이 볼 때엔 밤을 새워 글을 쓸 것 같지만 10시만 되면 불을 끄고 잠자리에 든단다. 그래야 다음날 좋은 컨디션으로 좋은 생각을 떠올릴 수 있다면서 몸을 버리면서까지 밤새워 글을 쓰는 것은 욕심 때문이라고 했단다.

　책을 겨우 두 권 낸 내가 달리 할 말은 없지만 가까이서 나를 지켜본 판소리 선생님이 나 들으라고 하는 소리다. 고미숙 씨 말은 다 맞다. 단 그걸 내게 대입해볼 때 욕심 때문이라는 말을 빼면 말이다. 백 프로 욕심이 아니라고 말할 수 없겠으나 그건 사람에 따라 다를 수 있다.

　야행성인 사람들은 낮보다 밤에 컨디션이 좋다. 어쩌다 내가 밤을 좋아하게 되었는지는 모르지만, 밤 시간은 글을 쓰거나 책을 읽고 음악을 듣기에 더없이 좋다. 낮에 잠자던 감수성이 피어오르고 영감도 잘 떠올라 의욕이 왕성해진다. 밤에 무언가를 하는 것을 좋아하다 보니 새벽 세 시 넘어 자는 것에 습관이 붙었다. 어쩌면 이 습관은 낮에 일하느라 시간이 없어서, 좋아하는 것들을 밤에 하다가 생겼는지 모른다.

　고미숙 씨가 말한 욕심은 다른 사람의 것의 아닌 자신의 욕심을 말했을 테고, 자신의 생활 패턴이나 글 쓰는 시간에 대해 이야기였을 것이다. 다만 소리 선생님이 나를 아껴 고미숙 씨의 예를 들어서 건강 잘 살피란 의미에서 전했을 것이다. 그런데 어쩌랴. 그동안 나는 밤의 달콤한 유혹에서 벗어날 방도를 찾지 못했으니 말이다.

책을 쓸 때마다 건강이 나빠진 건 사실이다. 그러나 얼마 동안 밤늦은 시간까지 글 썼다고 몸이 그렇게 빨리 나빠지지는 않을 것이다. 오랜 시간 야행성으로 지내온 이유가 클 것이다. 그리고 꼭 글을 쓸 때만 날을 새다시피 하는 것은 아니다. 책을 읽거나 시리즈 영화를 볼 때뿐만 아니라 무언가에 몰입하고 있을 때는 잘 멈추지 못한다. 어떤 일이든 하기 시작하면 끝을 향해 달려가는 기질 탓인 듯하다. 그건 또 밤 시간에만 해당되는 것도 아니다. 낮이든 밤이든, 어떤 일을 한번 붙잡으면 거기에 빠져 시간 가는 줄을 모른다.

그러나 내가 그렇게 살면 몸이 나빠질 것이란 생각을 못했다. 언제까지나 건강하게 살 수 있을 것만 같았다. 문제가 터지고 나서야 관심을 갖고 인터넷이나 책을 보면서 거꾸로 알아가는 중이다. 조금 알고 나니 십 년 전에 이 사실을 알았더라면 좋았을 것이라는 생각도 들었다. 그때 알았다고 내가 금방 달라졌을지는 장담 못하지만 말이다. 지루하기 그지없던 초등학교 시절 교장 선생님의 훈화 말씀이 중년이 되어서야 납득이 된 것처럼, 많은 시간이 흘러

한참 늦었을 때에 아차 하는 것이 삶인지도 모른다. 이제야 '멈춤'이라는 것이 얼마나 중요한 것인지도 깨달았다.

오래전 한 청년이 강의 중에 이런 말을 했다.
"자동차가 달릴 수 있는 것은 무엇 때문이라고 생각하시나요?"
나는 속으로 액셀러레이터라고 생각했다. 그런데 청년은 브레이크라고 했다. 브레이크가 있기 때문에 멈출 수 있다는 믿음이 있어서 달릴 수 있다는 이야기였다. 중년인 내가 청년의 참신한 시선에 놀라고 만 시간이었다.

하지만 그 이후에도 여전히 멈추어야 한다는 인식도, 행동도하지 못했다. 내 몸에는 액셀러레이터만 있었지 브레이크가 없었던 것이다. 그저 사회의 유행처럼 돌고 있던 '느리게, 천천히'라는말을 쓰고는 있었지만 말이다.

그런데 한편으로 이런 생각도 들었다. 나무늘보에게는 나무늘보의 시간이 있고, 개미에게는 개미의 시간이 있다. 따라서 무조건느리게 가는 것이 과연 모든 사람에게 맞는 것일까? 그렇다면 우리 인간에게는 어떤 시간이 있을까? 나에게는? 사람마다 체질이다르고 사는 방법이 다르니 거기에 맞는 생활을 해야 하는 게 아닐까? 그렇다면 내 몸도 알아야 하고, 내 생활을 섬세하게 살펴볼 줄도 알아야 한다고 말이다.

어쨌든 늦은 감이 있지만 요즘 나는 내게 맞는 시간을 만들어가고 있다. 특히 잠자는 시간을 앞당기려고 발버둥칠 정도이다. 누 웠어도 쉬이 잠들지 못해 두세 시간 지루한 싸움을 하면서도 전보 다 일찍 침대에 눕는다. 수십 년 묵은 습관을 바로 고칠 수는 없겠 지만 점차 그 발버둥치는 시간을 줄여보려고 노력한다.

판소리 선생님이 고미숙 씨에 이어 들려준 이야기는, 잠깐 우 리 그룹에서 소리를 함께 배운 동료에게 들었다는 이야기다. 그이 의 남편은 이름만 대면 다 알 수 있는 개그맨 출신이다. 늦은 나이 에 대학에 들어가 박사과정까지 마치고 한글학자이자 대학교수가 되었다. 저서도 7권이나 된다.

작년 수원 화성의 한 정자에서 우리 판소리강습소 발표회 때 잠깐 왔다가 허리 아프다고 금방 갔다. 교수에다가 책을 그만큼 써낸 사람이니 보지 않아도 얼마나 많이 책상 앞에 앉아 있을지 상상이 간다. 그래서 소리동료인 부인은 남편을 일러 '걸어 다니 는 종합병원'이라면서, 책을 쓸 때는 한 시간에 한 번씩 불러낸다 고 했단다. 쉬는 시간을 갖게 하기 위해서다. 최고의 아내가 아닐 수 없다. 바로 남편의 브레이크이다. 나도 그 이야기를 같은 자리 에서 들은 것 같은데 또 그냥 흘려버린 것 같았다.

내게도 그런 아내(?)가 있으면 좋겠다. 늦은 시간까지 안 자고 있으면 억지로 불을 끄고 침대로 잡아끌고, 낮에는 한두 시간에 한 번씩이라도 차를 끓여 마시게 하고, 어깨도 마사지 해주고 말이다.

그런데 남편은 해외에 있으니 날 새기 딱 좋은 조건이다. 같이 있다 해도 애주가여서 술 한잔하고 일찍 자는 날이 많다. 그러니 옆에 있어도 소용없다. 전화로 "너무 에너지를 많이 쓰면 일찍 죽는다"라며 종종 걱정은 한다. 그러나 이제는 생활 속 균형을 잡으려고 노력하기 시작한 사람이라 굳이 남편 브레이크가 있지 않아도 된다.

지식의 깊이나 양에 있어서나, 출간 서적의 권수에 있어서나 나는 그들과 비교 자체가 될 수 없다. 하지만 SNS까지 합한다면 나 역시 만만치 않게 글을 쓰는 사람이다. 책을 읽든, 글을 쓰든, 또는 SNS를 하든 1시간에 한 번씩 스스로 일어나 기지개라도 켜야겠다. 내 몸에 브레이크 단추를 달고 중간 중간 '멈춰!'라고 외치면서 일어나야겠다. 가족에게 짐이 되지 않기 위해, 건강한 노후를 위해, 하고 싶은 일을 하기 위해.

단추가 외친다.

"이봐, 지금이 바로 자리에서 일어날 때야!"

늙어가는 것이 아니라, 익어가는 것이다?

느긋하게 읽던 책을 다 마치고 세수하기 위해 욕실로 들어갔다. 먼저 물로 끼얹고 문지르는데 미끌미끌했다. 왜 그런가 생각을 되돌려봤더니 책을 읽기 전에 이미 세수를 하고 스킨과 로션을 바른 뒤 영양크림까지 정성스레 발랐던 게 떠올랐다. 그런데 그새 그걸 잊다니! 이러다가는 하지도 않은 세수를 한 줄 알고 그냥 외출하는 일도 생기겠다.

이런 일이 어디 한두 가지겠는가. 식사를 하고 양치질을 했는지 안 했는지 정확히 기억나지 않아 두 번 하기도 한다. 황당한 것은 엉뚱한 것을 주문하거나 같은 물건을 연달아 사는 경우도 종종 있다. 요즘 맛을 들인 홍게 간장을 주문한다는 것이 그만 액젓으로, 그것도 두 병이나 주문하기도 했다. 어떤 날은 TV에서 한 연예인이 코 세척하는 것을 보고 그 기구를 주문했다. 비염이 있는 작은 딸 것까지 따로 한다고 2세트를 주문해서 받았는데 나중에 한 개가 또 왔다.

어느 날은 길을 걸으며 아는 동생에게 전화해선 시간 나는 날 밥 먹자는 말을 하면서 날짜 확인하려고 휴대폰을 찾는데 안 보이는 것이었다. 들고 통화하고 있는 걸 잊고 있었던 것이다. 평소 벚나무를 벗나무로 잘못 쓴 경우를 지적하던 내가 운전하며 가다가 벚나무라고 정확히 쓴 간판을 보았다. 그런데 그걸 향해 받침이 시옷인데 지읒으로 잘못 썼다고 아무렇지도 않게 지적했다. 그러다가 저녁에 내가 잘못 말했다는 걸 문득 깨닫기도 했다. 무언가를 확인하려고 휴대폰을 열고서는 알림불이 켜져 있는 것에 들어가 열중하다가 무엇 때문에 들어갔는지 까먹고 그냥 나오는 경우도 허다하다.

최악인 것은 정반대로 생각한 일이다. 종종 그림책을 선물해주는 동생이 있다. 물론 나도 하기 때문에 더 헷갈렸는지 모른다. 어떤 그림책 이야기가 나왔는데 분명 내가 그 책을 동생한테 선물해준 것으로 기억하고 있었다. 하지만 동생은 자기가 나한테 선물한 것이라 말했다. 나는 어디어디 주차장에서 주지 않았느냐고 구체적인 장소와 시간까지 언급하며 우겼다. 그런데 이튿날 동생이 내 인스타그램에서 캡처한 사진을 증거물로 보내왔다. 거기에는 내가 동생에게 받았다고 정확히 적혀 있었다. 그걸 보고 얼마나 경악했는지 모른다.

이사하기 전에는 욕실이 하나여서 식구들이 함께 사용했다. 어느 날 머리를 감다가 자석 홀더에 붙어 있던 세수 비누를 떨어뜨렸다. 그때서야 딸에게 새로 사서 붙여 놓았으니 그걸 쓰라고 알려줘야겠다는 생각이 들었다. 그런데 아뿔사, 내 말을 들은 딸이 자기가 사서 붙여놓았다는 것이었다. 그래서 얼마나 한참을 웃었는지 모른다. 왜, 나는 하지도 않은 일을 내가 했다고 착각하는지 모르겠다.

이런 이야기를 하려면 끝이 없다. 모두가 뇌의 노화에서 비롯된 것이니 이제는 내 기억이 옳다는 말을 쉬이 꺼내면 안 될 일이다. 몸의 변화를 가장 많이 느낀 때가 40대 후반에서 50대 초반이었을까?

노화를 받아들이기 가장 힘들었던 것은, 그 대표적 상징물인 돋보기를 사는 일이었다. 남편이 두 살 많아서 돋보기도 먼저 썼다. 남편은 책 읽을 때 얼마나 편한지 모른다며 내게도 쓰기를 권했으나 미루고 미루다 나중에야 안경점에 갔다. 그런데 한 번 쓰고 나선 그런 애장품이 없다. 난시까지 있어서 마치 신세계 속에 있는 것 같았다. 어떤 때는 돋보기를 벗지 않고 주방에서 요리까지 할 정도이니 머지않아 돋보기로도 작은 글씨가 보이지 않을 때가 올 것이다. 남들보다는 좀 늦게 나왔지만 흰 머리도 점점 늘어가고 갱년기 증후군도 찾아들었다. 시도 때도 없이 열감이 나서 겨울에도 반팔을 입었다가 잠시 후 싸늘해져서 겉옷을 입고 벗기를 반복했다.

그 와중에도 감사하다면 그런 변화들이 어느 날 갑작스럽게 찾아오지 않는다는 점이다. 사고나 충격적인 일이 있어 급격한 변화를 맞는 경우도 있겠지만 대부분은 서서히 주인도 모르게 찾아와 주어 잘 적응해 나갈 수 있다. 그래서 나이 들수록 거울을 자주 들여다보는 게 좋겠다. 어느 날 흰머리가 무더기로 발견되거나 눈가에 주름이 가득해져 황망한 일을 만나지 말아야 하니 말이다.

노사연의 〈바램〉이 신곡으로 나왔을 때, 아는 이가 "늙어가는 것이 아니라 익어가는 것"이라는 가사가 멋지다고 칭송했다. 풍부한 음색을 가지고 있는 노사연이 깊고 섬세한 감성으로 부르는 것을 들으면, 특히 중년 이상은 공감을 하고도 남을 것이다. 실제로도 많은 인기를 얻어 국민가요라 칭할 정도라고 한다. 정말로 뭉클하게 만드는 노래다.

> 내 손에 잡은 것이 많아서 손이 아픕니다
> 등에 짊어진 삶의 무게가 온 몸을 아프게 하고
> 매일 해결해야 하는 일 때문에
> 내 시간도 없이 살다가 평생 바쁘게 걸어왔으니
> 다리도 아픕니다

가사 한 구절 한 구절이 가슴속으로 파고든다. 남성은 남성대로 여성은 여성대로 마치 자신의 이야기인 것 같고, 열심히 살아온 지난날을 위로해주는 것 같아 눈가가 촉촉해지리라. 아무리 마음 따뜻한 자식이라도 그 누가 부모의 고되고 힘들었던 삶의 여정을 속속들이 알 수 있을까. 걸어온 자만이 알 수 있다. 그래서 이런 노래가 자식의 눈빛보다 더 강하게 다가올지도 모른다.

그런데 이 아름다운 노래 가사 가운데 마음을 덜컥 잡는 곳이 있었으니 바로 마지막 부분 "우린 늙어가는 것이 아니라 조금씩 익어가는 겁니다"이다. 많은 이들이 이 대목을 칭송하지만 나는 그 반대이다. 아마 그것은 '익어가는 겁니다'에 푹 빠져버린 나머지 앞부분의 문장에 집중하지 못해서 그런 것은 아닐까? 다시 한 번 꼼꼼히 들여다보기를 권한다. 그러니까 나는 이렇게 바꾸고 싶은 것이다.

우린 늙어가는 것이 아니라 조금씩 익어가는 겁니다
→ 우리가 늙어가는 것은 조금씩 익어가는 겁니다

"우린 늙어가는 것이 아니라"에서는 '늙음'을 부정하고 있다. 늙음을 긍정한다면 "우리가 늙어가는 것은"으로 고쳐야 한다. 이는 젊거나 어린 미모를 초긍정하는 우리 사회의 세태를 그대로 반영하고 있기 때문에 자연스럽게 받아들여졌을 것이다. 그리하여 나처럼 딴지 걸고 싶어 하는 사람이 드문 것 같다. 그래도 나와 같은 생각을 하고 있는 사람도 있지 않을까?

젊음은 최고의 에너지이자 재산이다. 백만장자도 살 수만 있다면 있는 돈을 다 주고서라도 사고 싶은 최고의 것이 아닐까? 어느 사이비 교주가 들기름을 젊어지는 약이라 속였다는데, 많은 돈을 주고 그걸 주입한 사람들이 적지 않았다고 한다. 그 사기극에 넘어간 이들이 많았다는 것은 그만큼 젊음에 대한 열망이 크다는 것을 말해준다.

전통사회에서는 경험 많은 노인의 역할이 컸기에 존경과 대접을 받았다. 그러나 하루가 다르게 변해가는 최첨단 IT 사회에서 노인은 뒤처지고 그 속도를 따라가기 어렵다. 우리에게 필요한 것들이 대부분 녹아들어가 있는 스마트폰을 예로 들더라도, 그 사용법을 노인이 젊은이들에게 가르쳐줄 수 있겠는가? 나는 컴퓨터나 스마트폰을 자녀들 힘을 빌리지 않고 스스로 익혀서 쓴다. 그런데도 볼일 보러 간 곳에서 "자녀분한테 물어보시면 잘 알 겁니다"라는 말을 들을 때가 있다. 그럴 때면 나이 먹은 사람이라고 왜 무조건 모른다고 취급하는지 화도 나지만 이런 나도 기술이 더 발달될 노년기에 가서는 젊은이의 손을 빌리거나 아예 포기하고 살아야 할 수도 있다. 안타깝지만 이런 이유들 때문에 노인들은 뒷방 신세로 밀려나고 만다.

한때 동안 뽑기 대회 프로그램도 있었다. 얼굴은 물론 몸매도 더 어려보일수록 승자가 되었다. "어려 보이십니다"라는 말을 들으면 너도나도 좋아한다. 반대로 제 나이보다 많게 보인다는 소리를 들으면 기분 나빠한다. 왜 그럴까? 젊음을 가치 있게 보는 사회 분위기에 많은 영향이 있다고 본다. 그래서 연예인들은 당연하고 일반인들도 주름 펴는 시술을 해 부자연스런 얼굴을 하고 있는 이들이 많다. 그냥 두었으면 멋진 모습으로 늙어갈 얼굴이 나이와 따로 놀아 거북스럽다.

젊은 시절 열심히 산 노인들을 대우해주면 안 될까? 생산 능력이 사라졌다고 해서 지난 시절의 가치를 다 무시해버리고 현재에 초점을 맞추는 근시안적 사고를 바꾸면 안 될까? 그들이 흘린 땀이 있었기에 현재가 있다. 지금의 기술을 받아들이지 못한다고 무시해버리면 토사구팽과 뭐가 다른가. 모든 길 위에 있는 사람들은 나름의 가치를 지니고 있다. 젊음도 천년만년 가는 것이 아니다. 누구든 때가 되면 노년을 맞아야 한다.

그리고 한 사람의 주름 속에는 인생의 지혜와 관용이 쌓여 있다. 그걸 볼 줄 안다면 주름은 펴야 되는 대상이 아니라 아름다움의 표상이 된다. 우리는 누구나 늙어가고, 나이 들면 최신 기술을 다루는 지식이나 정보에 어두워질 수밖에 없다. 하지만 가치를 어디에 두느냐에 따라 유행가 가사도, 인식도 달라질 것이다. 젊음도, 늙음도 모두가 그 나름의 아름다움이 있다는 것을 인정하는 사회가 되기를 바란다. 이것이 중년의 욕심일까?

어쨌든 나는 늙어가면서 익어가고 싶다.

참새방앗간 프랑스 베이커리카페

정형외과에서 치료를 마치고 걸어서 돌아오고 있었다. 시청 앞에 있는 큰 건널목을 건넌 뒤 보도블록을 걸으며 가게들을 기웃거렸다. 그러는 중에 딱 하나 눈에 걸려드는 곳이 있었으니, 프랑스 유기농 밀가루와 천연효모로 빵을 만든다는 글귀가 쓰인 베이커리 카페의 배너였다.

가게 이름은 맘베이커리 카페, 문을 밀고 들어서니 손님은 아무도 없고 푸근한 인상을 한 서양 여성이 미소와 함께 인사하며 나를 맞았다. 빵 진열장을 쭉 돌아보며 캄파뉴 하나를 골랐다. 빵을 건네받고 계산하며 물었다.

"혹시 프랑스인이세요?"

그러자 그녀는 능숙한 한국어로 "네, 시흥에서 하다가 이전했어요"라고 대답했다. 그때 번개처럼 스치는 게 있어, "혹시 〈인간극장〉에 나오신 분인가요?" 했더니 그렇다고 했다. 이리 반가울 수가! 기억을 더듬어, "남편이 한국인이시죠? 아이도 있었죠?" 하고 물으니 그렇다고 한다.

저만치 작업실 안쪽에서 남편이 얼굴을 살짝 비췄다. 꼬마는 이제 9살이라면서, 집이 이쪽이어서 이전했다고 한다. 너무 잘 됐다고, 좋아라 하며 인사하고 나왔다.

검색해보니 2017년에 출연했다. 사진작가 박문영 씨가 프랑스로 공부하러 간 '파리미디어 종합예술학교'에서 조교였던 아마릴리스 씨를 만났다. 그리고 5년 만의 연애 끝에 결혼에 골인했다. 아마릴리스 씨는 한국에 와서 부모님에게 전수받은 건강하고 맛있는 빵을 만들었고, 빵들은 손님들에게 인기가 많아 빨리 매진됐다.

유기농과 천연효모에 끌려들어간 빵집에서 뜻하지 않은 주인장을 만나 기분 좋게 돌아왔다. 그리고 이때부터 나는 일주일에 두 번 병원에서 돌아올 때쯤이면 참새방앗간 들르듯 빵집으로 들어갔다.

전기로 힘을 가해 석회성 건염을 가루로 만들어 혈관으로 흡수시키는 체외충격파와 도수치료, 그리고 물리치료까지 마치고 나면 온몸에 힘이 쭉 빠져서 걸을 힘조차 없다. 그러므로 신호등 하나 건너 조금만 더 걸으면 있는 이 빵집에 들러 에너지를 충전하는 것이 습관으로 자라 잡아갔다.

갈 때마다 다른 빵을 골라 홍차나 커피를 시켜놓고 한 시간 정도 머물다 보면 병원에서 빼앗기고 온 힘들이 서서히 들어와 앉았다. 카페에서 하는 일이란, 거기에서 먹는 빵과 차를 인스타그램에 올리고 글을 쓰거나, 빵집 부부가 쓴 프랑스에 관한 책들을 읽거나, 내가 가져간 책을 읽는 것이었다.

코로나로 많은 이들과 단절된 아쉬움을 그곳에서 조금은 달랠 수 있었다. 그 카페 들를 생각에 병원 가는 것도 나쁘지 않았다. 그렇게 카페에서 나만의 작은 공간을 소유하는 즐거움에 서서히 맛들여가고 있을 즈음, 발길을 뚝 끊어야 하는 날이 왔다. 공복혈당장애 때문에 식단관리에 들어갔는데 밀가루 음식이 혈당을 많이 높이기 때문이다.

속을 편안하게 했던 빵과 혀에 즐거움을 주었던 차, 그리고 고즈넉한 내 시간과 공간에의 유혹을 애써 떨치느라 그 카페를 가기 전에 다른 건널목을 건너야 했다. 그리고 산으로 발길을 돌렸다. 어깨 치료 경과도 좋아져서 병원까지 가지 않게 되면서 빵집에서 보낸 즐겁던 시간은 이제 과거가 되었다.

열심히 찍었던 쿠폰 카드는 잘 있는지, 미소 가득한 얼굴로 맞던 프랑스 여인은 가끔 내 생각을 떠올릴지 궁금하다. 봄 햇살이 일렁이는 날 일부러라도 걸음해서 빵과 커피로 지난 시간을 불러오고 싶다.

타인의 손에 기대어

체외충격파가 끝나고 물리치료도 거의 끝날 무렵 물리치료사가 커튼을 열고, "세 시 반에 도수치료 받으시는 건 알죠?" 하면서 냉찜질팩을 거두어 갔다. 티셔츠로 갈아입고 도수치료실로 갔다. 체외충격파 치료부터 내 어깨는 쉴 틈이 없었다.

도수치료사는 지난 목요일에 처음 만나 나를 치료해주기 시작했다. 치료가 끝나고 세 가지 운동을 열심히 하라는 과제도 내줬다. 그동안 변화가 있는지 보려고, 팔을 위로 올려보라, 뒤로 올려보라 했다. 나는 많이 좋아졌다고 했지만 치료사는 긍정적으로 보지 않았다.

치료사는 누우라더니 내 팔을 잡고 겨드랑이 정 가운데를 누른 뒤 팔을 이리저리 돌렸다가 털 듯하면서 힘 빼라고 했다. 팔이 치료사 손에 의해 움직이면서 통증이 올 때엔 나도 모르게 힘을 주게 되나 보았다. 치료사는 중간중간 팔을 다시 털고, 또 힘 빼라면서 계속 움직여주었다.

지압과는 또 달랐다. 지압은 틀어진 뼈를 바로잡아도 주고, 혈을 눌러 뭉친 근육을 풀어준다. 하지만 도수치료는 통증 있는 부위를 집중적으로 운동해주었다. 특히 팔의 움직이는 각도를 넓혀주는 데 중점을 두고 있다. 당장은 도수치료가 답인 것 같았다.

치료사의 움직임에 따라 통증의 강도가 다르다. 주로 나는 눈을 감고 참으면서 통증을 견디어본다. 절로 얼굴이 찡그려질 정도일 때는 덜 느끼게 하는 방법이 없는지 생각한다. 마침 치료실에는 백지영 음악이 과하다 싶게 들려오고 있었다. 그녀가 토해내고 있는 음색들도 애절했지만 장민호 노래라면 좋겠단 마음이 들었다. 감미롭고 부드러운 그의 목소리가 들려오면 약처럼 스르륵 통증을 녹여줄 것만 같았기 때문이다.

내가 이런저런 생각을 하고 있는 동안 치료사는 지난번과는 좀 다른 방법으로 치료하는 것 같았다. 받고 있을 때는 다 기억할 것 같지만 집에 와선 다 잊어버리고, 마치 제 팔이나 다리를 돌보듯이 정성을 다 해주었다는 것만 생각날 뿐이다. 그 생각만 하면 얼마나 감사한지 모른다.

치료사는 어찌 그리도 온 정성을 다해 치료해주는 것인지 정말로 궁금했다. 개인 치료실이라면 당연하지만 그곳은 전문의가 11명이나 있는 중형병원이다. 환자 한명을 치료할 때마다 개인 수당이 붙는 건지 알 수는 없지만 늘 감사한 마음이 가득했다. 물론 지압을 해준 개인 건강원 원장님에게도 같은 마음이 든다. 손님 하나 하나에 지극 정성을 들여야 하는 개인 영업장임에도 말이다. 타인의 손에 기대어 내가 살고 있음을 절실하게 느끼는 요즘이다.

하지만 타인의 손에 기대어 살지 않았던 때가 있었던가. 생활의 터전인 집은 물론이고, 먹는 음식, 입는 옷에 책, 음악, 미술 등 정신적 기둥들도 타인에게 기대지 않고는 모두 얻을 수 없는 자원들이다. 원시인이나 구석기인이 아닌 바에야 모두 남의 손을 거치지 않을 수 없다.

그런데 왜 유독 내 몸을 고쳐주기 위해 애 쓰는 사람들에게 더 고마운 마음이 드는 걸까? 마트든 온라인에서든 거기에서 산 음식이나 옷들이 생산자와 바로 연결되지 않아서일까. 생산자의 얼굴이나 브랜드가 붙어 있는 상품을 살 때면 다른 느낌이 들기는 한다. 그러나 그것도 그리 오래 가지 않는다. 고마운 마음 역시 그보다는 떨어진다. 당신의 물건을 샀으니 당신도 감사해야 할 것이라는 마음도 깔려 있을 것이다. 그런데 왜 많은 돈을 지불하고도 이들에게 더 고마움을 느끼는가.

당장 내 일상을 불편하게 하는 몸을 변화시켜 주어서인가? 그럴 수도 있다. 하지만 더 큰 이유는 아무래도 내 몸에 상대의 손이나 몸이 닿기 때문일 것이다. 내 팔을 자신의 팔에 끼우고 움직이는 동작을 할 때는 더욱 상대의 기운이 많이 전해져온다. 그때는 서로의 파장이 전해질 것이다. 비즈니스 할 때도 악수나 가벼운 터치 등을 할 때 성과가 더 좋다 하니 말이다.

갖은 정성으로 내 몸을 만져주면서 변화를 느끼게 하니 친근감 넘어 감사함으로 가득 차게 되는 것이리라. 그것을 어디 돈으로만 환산할 수 있겠는가. 치료사의 직업 정신 내지는 박애가 환자에게 전해지기 때문일 것이다. 체외충격파도 바로 내 뒤에서 어깨를 치료해준다. 그런데 손이 아닌 전기 기구로 해서인지 치료사의 온기가 전해지지 않는다. 30분 정도 받은 도수치료는 금방이라도 신경 속에 박힌 돌을 깨부수어 180도로 자유롭게 팔을 휘두르게 할 것만 같은 기분이다. 상대의 온기와 파장이 순간순간 전해져 오기 때문일 것이다.

타인의 손에 기대어 사는 세상, 거기에 한 걸음 더 나아가 타인의 온기에 기대어 사는 속에 있으니, 치료를 마치고 돌아올 때면 나도 그러한 사람이 되고 싶다는 생각이 절로 든다.

인생, 참 맛있다

2주 만에 지압을 받으러 갔다. 그동안은 일주일에 한 번씩 꼬박 꼬박 5주간 다녔는데 도수치료를 받기 시작해서 쉬고 있었다. 어깨 바로 아래의 팔에 큰 혹이 잡혀서 엑스레이를 찍어보러 간 정형외과에서 체외충격파와 도수치료를 권해서 받고 있다. 팔이 앞으로는 반 정도 밖에 안 올라가고, 뒤로는 거의 올라가지 않는다.

도수치료를 한 번 받아보고 지압을 받을 것인지 도수치료를 할 것인지 결정하기로 했다. 그런데 도수치료는 지압과는 달라서 동시에 받아도 될 것 같아 건강원에 다시 간 것이다.

나를 본 원장님은 내 책을 읽고 자신이 변했다고 했다. 전에는 남편이 주정을 하거나 신용카드를 달라 하면 속이 부글부글 끓으며 화가 났다고 한다. 그런데 이제는 그런 것이 사라졌다고 한다. 오늘 아침에도 "뭘 또 그렇게 살 게 있나요?"라면서 건네주었다고 한다. 그 정도로 마음에 여유로움이 생겼다고 한다.

자신의 몸이 성치 않아서 집중 치료하느라 많이 읽을 수가 없었다면서 앞의 세 편만 읽었는데도, 책 전체를 다 먹은 것 같다고 했다. 그리고 내게는 별것 아닌 것을 보고도 다르게 표현해내는 재주가 있다고도 했다. 원장님과 이야기를 나누다 보면 성찰의 깊이를 느끼곤 하는데, 세 편 읽고서 '인생 참 맛있다!'라고 생각했단다. 내 삶이 그렇다는 말이다. 쑥스럽게도 다른 손님한테 이 이야기하는 것을 몇 번 듣기도 했다.

원장님은 만약 나를 알기 전에 책을 읽었다면, 어떻게든 나를 만나려고 찾아갔을 것이라 했다. 이미 다른 책을 읽고 그 저자를 찾아간 경력이 있는 사람이다. 그런데 건강관리원을 하고 있어서 이렇게 직접 만날 수 있으니 얼마나 복이 있는지 모르겠다고 했다. 내년이면 환갑이어서 새로 돌아가는 삶을 살아야 하는데, 나를 만나서 그렇게 살게 될 것 같다고도 했다.

책을 낸 뒤 모르는 이들로부터 메일로 감사 인사를 받기도 하고, 많은 리뷰가 올라와 있는 것도 보고, 먼 지역에서 어르신이 찾아오시기도 했다. 그런데 또 이렇게 좋은 이야기를 들으니 감사했다. 아무리 부족한 글일지라도 한 사람의 마음이라도 변화시키는 힘이 책에 들어 있다면 쓴 보람이 있다. 그래서 글 한 줄, 단어 하나에도 신중을 다해 써야겠다는 생각이 들었다.

그런데 세 번째 책을 쓰고 있는 지금, 불안감인지 긴장감인지가 나를 흔든다. 내가 풀어내고 있는 이 이야기들이 과연 독자들의 마음을 움직일 힘이 있는가 하고 말이다. 이건 매번 있는 일이기도 하지만 앞으로 몇 번 더 찾아오고 더 커질 것이다. 1차는 출판사에 원고를 보내고 나서 피드백을 받을 때까지다. 2차는 파일 속에 갇혀 있던 글이 종이에 인쇄되고 멋진 표지로 묶여, 세상 밖으로 막 나와 독자들에게 넘어갔을 때이다. 2차의 긴장감은 첫 리뷰에 따라 그 크기가 달라진다. 다행히 긍정적인 리뷰가 몇 편 이어진다면 불안감이나 긴장감은 일시에 사라질 것이다.

이런 불안감을 무릅쓰고도 책을 내자는 욕구에 손을 들어주는 것은, 아주 어린 나이 때부터 품어온 꿈이기에 의심조차 않는 것에서 비롯된 힘인지도 모른다. 어떤 일을 하든 그 목적이 가장 중요하다는 생활 철학마저도 사라지게 하는 힘이다. 책을 엮는 것은 흠모하는 산을 오르는 일이며, 정상에 올라 아름다운 풍경을 만나고 싶다는 욕구이다. 그러므로 출간을 계속한다는 것에는 의심의 여지가 없으면서, 내 글이 책으로써 가치가 있는지에 대한 의구심은 여전한 언밸런스 게임 속에 있다. 그래서 이번 책도 "인생, 참 맛있다!"와 같은 말을 들을 수 있을지 의심하고 또 의심한다.

한 사람이라도 내 책을 만난 뒤 자신만의 공간과 시간을 찾았으면 좋겠다. 혼자의 시간을 많이 가졌으면 좋겠다. 그 속에서 그윽한 자신의 내면 풍경을 만나 맛있는 인생을 살면 좋겠다. 그리고 나도 남은 인생 맛있게 살면서, 맛있는 글 계속 쓰고 싶다. 글은 곧 그 사람의 삶이니까.

돌덩이

결국 감자를 사고 말았다. 그것도 두 무더기나 말이다. 병원 갈 때 마트 앞에 진열되어 있던 감자였다. 평소 다니던 마트나 생협에 선 볼 수 없던 자주 감자도 있었다. 모두 맛나 보였다. 그때는 다음에 어깨가 좋아진 다음에 사 가자고 했었다.

그런데 오는 길에 그 앞에서 저절로 멈춰 섰다. 가격도 얼마나 착한지 한 무더기에 2천 원이었다. 들어보니 들고 갈 수 있을 것 같았다. 그러므로 싱싱하고 윤기 나는 감자를 그냥 두고 갈 수는 없었다. 다시 병원에 가려면 4일이나 지나야 한다.

좀 전에 들어보았을 때는 플라스틱 그릇에 담겨 있는 것을 양 손으로 들어서인지 무게감이 크게 느껴지지 않았었다. 그런데 계산하고 한 비닐봉지에 담아준 것을 들으니 묵직했다. 오른쪽 어깨가 많이 아파 왼쪽을 많이 쓰는 바람에 왼쪽도 안 좋다.

점점 무겁게 느껴져서 안고 걸었다. 신호등 앞이나 잠깐 내려 놓을 수 있는 곳이 보이면 한 숨 돌리고 다시 걸었다. 오늘 치료사가 팔의 각도는 넓어졌는데 통증은 더 심하다면서 집에 가면 냉찜질을 꼭 하라고 했다. 아무래도 어깨에 무슨 무리가 가서 염증이 생긴 것 같다고 했다. 오늘은 운동도 쉬라고 했다. 여기서 말하는 운동은 어깨를 움직이는 운동 몇 가지를 말한다.

당장 감자를 먹지 않아도 되련만 욕심을 부렸나 싶었다. 시간이 지날수록 그것은 감자 봉지가 아니라 돌덩이처럼 느껴졌다. 아프지 않은 상태라면 약간 무겁다 할 정도이지만 내게는 부담 덩어리였다. 10분 정도의 길이 십 리 길처럼 멀게만 느껴졌다.

사방을 둘러봐도 길에는 의자가 없다. 공원 쪽에 있기는 한데 코로나19 때문에 테이프로 띠를 둘러서 앉지 못하게 해놓았다. 모든 게 의자였으면 하는 생각으로 가득했다. 그래서 보이는 것들 모두가 의자로 보였다. 이정록 시인의 시도 떠오르고 백 프로 공감이 갔다.

허리가 아프니까
세상이 다 의자로 보여야
꽃도 열매도, 그게 다
의자에 앉아 있는 것이여

– 이정록, 〈의자〉 가운데

'허리' 대신 '어깨'로 바꾸어서 '어깨가 아프니까 세상이 다 의자로 보여야'로 바꾸어야 되겠지만, 요즘 마음마저 돌덩이가 되어가고 있는 느낌이다. 몸을 누르다 못해 마음이나 의지까지 짓누르는 돌덩이 말이다. 나는 더 이상 내 어깨의 주인이 아니다. 어깨가 주인 어르신 되어 나를 꼼짝달싹 못하게 한다. 작은 감자 봉지 하나도 힘겨워할 정도니, 내 일상 하나하나를 모두 통제하는 무서운 왕이다.

언제쯤이면, 그 돌덩이를 멀리 내던져버릴 수 있을까? 언제쯤이면, 주인 어르신과 왕 휘하에서 벗어날 수 있을까? 언제쯤이면, 전기로 내 어깨를 천 번이나 쏘지 않을까? 언제쯤이면, 마음대로 팔을 휘휘 돌릴 수 있을까?

언제쯤이면, 집에 도착하나!

내 발이 빨리 집에 가 닿는 것만이 최대 소망이자 최고의 목표가 되어버린 그때, 시 하나가 또 떠올랐다. 그저 어깨가 너무 아프다는 것에만 불평 가득한 내게 불쑥 내민 경고 카드였다.

뒤꼍에 있는 대추나무가 약한 바람에 허리가 뚝 꺾이고 말았는데, 지나가던 사람들이 그걸 보며 아깝다고들 혀를 찬다.

가지에 벌레 먹은 자국이 있었나?
과거에 남모를 깊은 상처가 있었나?
아니면 바람이 너무 드셌나?

그러나 나무 허리에선

아무것도 찾아내지 못했다.

다만 너무 많은 열매를

나무는 달고 있었다.

– 공광규, 〈욕심〉 가운데

어깨 입장에선 억울할 만도 하겠다. 생전 스트레칭 한 번 안 해
주고 종일 휴대폰과 노트북으로 작업하거나 책을 본다고 같은 자
세로 오래 앉아 있던 주인이다. 그리하여 피가 잘 돌지 않아 염증
이 생기고 돌이 되고 말았다. 급기야 어깨 관절까지 붙어버렸다.
글 한 줄 더 쓰고, 책 한 장 더 읽고, 강의 하나 더 듣겠다고, 운동
하는 걸 무시했다. 그리하여 감자 한 봉지 드는 것도 힘겨워하는
신세로 전락하고 말았다.

지탱할 수 있을 만큼만 열매를 달았다면 대추나무는 부러지지
않았을 것이다. 다른 곳엔 이상 없었으니 더 센 바람이 와도 끄떡
없었을 것이다. 원인 없는 결과는 없다. 나도 하루에 한 시간만이
라도 운동에 내어주었다면 이 지경까지 오지 않았을 것이다.

속으로 '대추나무'와 '열매'를 되뇌다 보니 집에 도착해 있었
다. 나는 적당한 열매를 달겠다고 다짐하면서 드디어 돌덩이를 내
려놓았다.

세 번의 수면 내시경

건강검진을 마치고 와서 바로 누웠는데 눈을 떠보니 5시가 넘어 있었다. 위와 대장 내시경을 했는데 배가 좀 아팠다. 복부 팽만감 때문이었는데 대장 내시경할 때 가스를 주입하기 때문이란다. 하지만 내시경 마치고 나온 사람들 가운데 나처럼 배가 불편해 보이는 이는 적어보였다. 내 장이 덜 건강하기 때문인지 모른다. 유산균을 먹지 않았을 때는 툭하면 가스가 찼다. 그래서 한여름에도 배를 덮어주지 않으면 안 된다. 화장실을 자주 들락날락해도 성공하는 경우가 드물었다. 이것도 유산균이 해결해주었다.

내시경 때 용종을 하나 떼어냈다고 한다. 결과는 일주일 후에 알려 준다고 했는데 크게 나빠 보이지 않는다고 했다. 2018년 12월에 내시경 했을 때도 선종 하나를 떼어내 은근 신경이 쓰였던 터이다. 2월에 내시경 예약을 해놓았지만 코로나19로 미뤄두었다가 금방 사라질 것 같지 않아 다시 잡아서 했다.

위에는 염증이 있다고 약을 처방해주었다. 역류성 식도염이었다. 평소 자극적인 음식을 먹는 것도 아니고, 과식을 하거나 밥을 먹고 바로 눕는 일도 없는데 왜 역류성 식도염약 처방까지 받을 정도가 되었는지 모르겠다.

그리고 지방간이 상중하 가운데 중이란다. 살이 찐 편이기는 해도 지방간이 될 만큼은 아닌 것 같고, 평소 기름진 음식을 많이 먹지도 않는다. 나물류나 채소류 음식을 좋아하고, 2월 중순부터는 외식도 하지 않았다. 술을 마시는 것도 아니라서 결과가 참으로 당황스러웠다.

지금까지 수면 내시경을 세 번 했는데 그때마다 집에 와서야 제정신이 들었다. 이번에는 간호사에게 일찍 깨우지 말라고 했다. 하지만 대기환자는 많고, 빈 침대는 부족한 상태라는 걸 대기실에 들어가니 알 수 있었다. 간호사가 시간을 체크하면서 잠들어 있는 사람을 몇 차례 깨우는 것도 보았다.

지난번처럼 작은딸이 함께해주었고 이번엔 비교적 다 기억났다. 의사에게 들은 설명과 수납한 것, 약국에 가서 약을 타온 것들을 말이다. 그런데 여전히 기억나지 않는 것은 탈의실에 가서 옷을 갈아입고 나온 일이다. 디지털키로 비밀번호까지 입력해놓은 것이라 내가 아니라면 알 수 없는 일이다. 그런데 어느 새 옷을 갈아입고 나와 있는 것을 보면 사물함 위치와 비밀번호까지 제대로 알고 열어서 갈아입었다는 증거다. 그런데 기억에는 없다.

마취나 수면 내시경 할 때마다 기억력이 떨어진다고 하던데 어쩔 수 없다. 이제는 몸의 변화가 눈에 띄게 보이는 때라서 감수해야 한다. 특히 나는 작년부터 몸에 안 좋은 병변이 보인다. 미리 발견하지 않았으면 암으로 발전될 가능성이 높은 것들이었다.

건강검진도 잘 받지 않아 이번이 세 번째인가 네 번째이다. 그동안 숲속 오솔길도 꽤 걸었고, 외식도 하지 않아 기대를 했는데 할 때마다 안 좋은 결과가 더해지니 실망이다. 나이는 어쩔 수 없는 것일까. 그래도 하고 났으니 속은 시원하다. 오늘 저녁 반려견과 산책하면서 다짐했다. 내 일상의 첫 번째는 운동이라고.

그러고 보니 요즘 나는 운동 열심히 하겠다는 다짐을 정말 많이 한다. 이제는 막다른 골목까지 가지 않기를 바라는 마음이다. 어쩌다 여기까지 왔을까. 55년의 세월이 순식간처럼 여겨지는데 몸은 알고 있을 것이다. 길고 긴 시간이 퇴적된 결과라는 것을 말이다. 그리고 말해주고 싶을 것이다. 몸의 지층은 신비해서 오늘부터라도 바뀌면 과거의 것들이 서서히 사라지면서 새 지층이 만들어진다는 것을.

맨발로 걸어보았는가

발이 얼얼했다. 나는 내게 엄지척과 함께 잘했다고 칭찬해줬다. 그리고 한 바퀴 더 돌려고 다시 오솔길로 들어섰다. 보통 때는 주로 한 바퀴 돌지만 맨발로 걸은 첫날인데 그걸로 끝내기엔 너무 아쉬웠다.

오늘 산에 올라 숲길로 들어설 때, "맨발 걷기를 시작한다면, 앞으로 어떤 일도 다 해낼 거야"라는 속삭임이 들렸다. 실은 속삭임이 아니라 자기 최면이었다. 다행스럽게도 이 말이 용기를 북돋아 주어서 등산화 벗기에 성공했다. '그게 뭐 대단한 일이라고?'라고 한다면 달리 할 말은 없다. 하지만 이건 숲에 잘 다니지 않는 사람들의 말일 수 있다. 어쨌든 내 맨발 걷기에는 많은 용기가 필요했다.

그동안 맨발로 걸어보지 않았느냐 하면 그렇지도 않다. 주말이면 붐빌 정도로 많은 이들이 찾는 산에서, 그것도 겨울에 걸은 적이 있다. 지나가는 사람들이 흘끔흘끔 쳐다보았다. 어떤 이는 차갑지 않느냐고도 하고, 대단하다는 말을 하기도 했다. 집에서 가까운 다른 작은 산의 둘레길도 몇 번 걸었다. 돌이 없어 편하게 걸을 수 있는 길이다.

그러나 이때는 모두 남편과 함께였다. 다른 누군가와 함께할 때는 그다지 많은 용기가 필요하지 않다. 하지만 혼자라면 다르다. 뒷산을 다니기 시작한 지 반년이 넘었는데 맨발로 걷는 이를 딱 두 번 보았다. 부부로 보이는 노년 커플과 한 중년 남성이었다. 지나치면서 속으로 부러워했으나 나도 그래야겠다는 생각까지는 못했다.

그러나 속으로는 여전히 맨발로 걷고 싶었다. 하지만 한 달이 가고, 두 달이 가고, 반년이 가도록 등산화를 신었다. 가끔 다른 신발은 어떨까 해서 고무신을 신기도 했지만 뱀이 나올까 봐 가슴 졸이며 돌고선 말았다. 샌들은 발가락이 가장자리로 미끄러져서 바로 탈락됐다. 그러고는 등산화가 가장 좋다는 것을 알고 등산화를 신고 오른다. 하지만 다시 맨발의 유혹이 찾아왔다.

TV에서 오로지 맨발로 출퇴근하는 남자를 보았기 때문이다. 그것도 두 시간이나 걸리는 산을 넘어서 다니고 있었다. 놀라운 것은 비가 오나 눈이 오나 남자의 산행 출퇴근길은 변함이 없다는 사실이다. 왕복 네 시간이 걸리는 출퇴근 산행을 5년간이나 이어가고 있었다. 남자가 그리하는 데에는 특별한 이유가 있었다. 5년 전 위암 말기 판정을 받아 전절제술을 받았는데 암세포가 임파선으로 전이되어 있었다. 죽음을 문턱에 둔 그는 문득 TV에서 암에 걸린 이가 맨발 산행으로 나았다는 이야기가 떠올라 무작정 시작했다. 그리고 이제 반년만 지나면 완치 판정을 받을 수 있다고 한다. 얼굴을 보니 해맑고 건강해 보였다.

그 남자를 보고 있노라니, 역시 예전에 TV에서 맨발로 산을 오르던 여자도 떠올랐다. 여자는 눈이 쌓인 산길을 맨발로 오르고 있었다. 갱년기를 맞아 열감에 시달리다가 걷기 시작했다고 했다. 정도의 차이는 있겠지만 겪어본 이들이라면 열감이 주는 불편함이 어떤 것인지 다 알 것이다. 갑자기 뜨거운 기운이 훅 올라오는데 계절을 가리지 않는다. 한겨울에도 부채질하는 중년 여성이 있다면 바로 열감 증후군 때문일 것이다. 여름이라면 더 이상 설명이 필요 없다. 여자는 그 열감 때문에 잠을 잘 수가 없었다. 발바닥과 등줄기가 너무 뜨거웠기 때문이다. 그러다가 맨발로 걷는 것이 좋다는 이야기를 듣고 산에 오르기 시작했다. 그리하여 갱년기를 극복했다.

나도 맨발로 걸어야 하는 이유가 있다. 당화혈색소 수치가 당뇨 전 단계에 있고, 나쁜 콜레스테롤(LDL) 수치도 157이나 되었다. 당뇨도 무서운 줄 알지만 LDL이 높으면 뇌졸중이나 심혈관 질환으로 사망할 확률이 높다고 한다. 의사가 약 처방해준다는 것을 마다하고 나왔다. 3개월 정도 식생활을 바꿔 수치를 낮춰볼 요량이다. 인터넷에 검색해보니 160부터 약을 먹어야 된다고 한다.

남편이 술 담배를 워낙 좋아해서 노후가 되면 내가 남편 수발들 확률이 높다고 생각했는데 검진 결과에선 아니다. 내 몸에 성한 곳이 몇 군데 없다. 49세로 나온 심뇌혈관 말고는 좋은 곳이 거의 없다고 봐야 한다. 내가 아프면 남편이 가장 먼저 고생하고, 다음으로는 딸들이다. 가족들에게 괜한 고생 시키지 않으려면 내가 노력해야 한다.

이런 절박한 상태에 와 있었지만 맨발로 걷는다는 것을 바로 옮기기는 어려웠다. 앞서 이야기했지만 혼자이기 때문에 쉽지 않았다. 그리고 좁은 오솔길이라서 뱀이 나오지 않을까 하는 두려움도 컸고, 뾰족한 돌들이 많아 아프지 않을까 하는 염려도 있었다. 사람들 시선도 신경 쓰였다.

그런데 웬걸, 막상 맨발로 걸어보니 괜한 걱정들이었다. 장마가 끝난 지 얼마 되지 않아 어느 구간은 축축해서 걷기에 좋았다. 흐르는 계곡물을 만나면 얼른 그 물에 들어가 시원함도 즐길 수 있었다. 진흙길이나 물웅덩이도 피하지 않고 그냥 들어가 걸었다. 오히려 부드러워서 좋았다. 혹여 신발이 젖을세라, 더러워질세라 피해야 했는데 맨발이니 거침없이 그들 속으로 들어갔다. 그러면서 많은 경험을 한 사람이 마음을 잘 열 수 있고, 다른 이들의 아픔이나 슬픔에도 잘 공감할 수 있겠다는 생각이 들었다.

물론 '아' 소리를 여러 번 내기도 했다. 하지만 걷는 날이 더해지면 이 소리는 점차 줄어들 것이다. 대전의 어느 산처럼 황톳길로 되어 있는 곳만 맨발로 걸을 수 있는 줄 알았다. 그래서 지레 겁먹고 시도도 하지 않았다면 너무 아쉬운 일이 아니었을까. 다른 때와는 달리 바닥에 집중해서 떨어진 밤송이나 날카로운 돌들을 잘 피해서 걸으니 괜찮았다.

두 바퀴를 걷고 나서 의자에 앉아 방울토마토를 먹고 책도 읽었다. 도전하기 어려운 일을 해내고 나니 당연히 기쁨이 컸다. 자신감과 자존감도 올라간 것 같았다. 힘든 일을 해내고 나면 그것들은 자연히 올라간다.

살아가면서 반듯하고 편한 길만 만나는 것은 아니다. 진흙길, 돌길도 만나고 웅덩이도 만난다. 그런 길을 걸어봐야 더 거친 길을 걸을 용기가 생긴다. 내가 오늘 맨발로 거친 숲길을 걸은 것은 단순히 숲길을 걸은 것이 아닐 것이다. 세상의 험한 일을 만났을 경우, 몸 안에 저장되어 있는 이 시간을 불러내 용기를 낼 것이다. 내가 나를 믿는 것은 이런 것들의 합이 만들어낸 결과물이리라.

당신은 맨발로 숲길을 걸어보았는가. 그런데 그 첫날이 쉬웠다고 한다면, 나는 당신을 존경하고 또 존경할 것이다. 하지만 많은 시간이 지나서야 겨우 용기를 낸 나 자신에게도 존경하고 싶은 마음이다.

그런데 이런 가슴 벅찬 시간을 지나 밤에 자려고 누웠을 때, 번개처럼 스치는 것이 있었다. 공복 혈당이 나처럼 세 자리 숫자인 사람들에겐 자신도 모르게 합병증이 진행된 경우도 있다고 한다. 그리고 당뇨병 환자들에게는 심장에서 먼 발가락에 혈액순환이 잘 안 되어 상처가 생기면 궤양이 생기고 급기야 발가락을 잘라야 할 수도 있다는 것이다. 그래서 여름에 샌들도 신지 말라고 한다.

이 생각을 하니 내가 낮에 맨발로 걸은 것이 맞는 것인가라는 마음에 두려운 마음이 들었다. 아무래도 당 수치가 정상으로 내려온 다음에 해야 하는 것으로 결론을 내렸다. 따라서 그 힘들게 용기를 내야 했던 맨발 걷기는 단 하루로 끝내야 했다.

22만 원짜리 실내화 신고 글을 쓴다

툭 튀어나온 보도블록을 반듯하게 재정비라도 하듯, 손과 팔로 내 틀어진 뼈들을 되돌리고 혈을 누르며 고문 같은 지압을 마친 건강관리원의 원장님은 집에서 할 수 있는 운동 두 가지를 알려주었다. 하나는 하늘을 쳐다보고 누운 다음 다리를 어깨만큼 벌린 뒤 상체를 들고 두 팔과 다리를 들어 뒤로 꺾었다 앞으로 꺾었다 하는 것. 두 번째는 바닥을 향해 누운 다음 팔을 가슴 옆에 대고 상체와 두 발을 올렸다 내렸다 하는 것이었다.

시범을 보여준 원장님은 자신의 발바닥을 보여주었다. 그것은 경악 그 자체였다. 발바닥은 여러 군데가 갈라져 있었는데 심한 곳은 벌건 속이 다 보일 정도였다. 발가락은 아토피나 무좀 걸린 사람처럼 거무죽죽하고 여기저기 각질이 벗겨져 있었다. 한마디로 갈라지고 짓무른 상처투성이었다. 그것은 발바닥뿐이 아니라 종아리 아래까지 이어졌고, 손목 주변도 그러하였다.

가렵지 않느냐고 물었더니 왜 안 가렵겠냐고 했다. 가려운 것이 문제가 아니라 밤이면 엄청난 통증에 시달리지 않을까 염려되었다. 원장님은 그런 발바닥으로 어찌 일을 할 수 있겠느냐고 하면서 침대에 오르기 위해 벗었던 신발을 보여주었다. 실내화라고 하지만 일반 샌들과 다를 바 없어 보였다. 하지만 원장님은 그 신발을 신고 있어서 가능하다고 했다. 처음 왔을 때 굽 있는 구두를 신고 있어서 힘들지 않느냐고 물었더니 아주 편하다고 했다. 모두가 기능성 신발이기 때문이었다.

나보다 4살 많은 원장님은 중국 연변에서 17년 동안 은행에서 일했는데 젊을 때부터 몸이 안 좋았다고 한다. 뇌와 자궁에는 혹이 있었고, 몸 여기저기 병이 많았다고 한다. 그래서 몸을 고치기 위해 기(혈)치료를 받았고, 몸이 좋아지자 직접 배웠다고 한다.

건강관리원에 들어서면 한쪽에 구두가 진열되어 있다. 기능성 신발이 대부분 그러하듯 디자인은 좀 떨어진다. 평소 몸이 안 좋은 원장님은 신발에 관심을 가지게 되었고, 그 신발을 신으면서 몸으로 효과를 보았다고 한다. 그리하여 대리점까지 하게 된 것이다. "내가 이 발로 일을 할 수 있다고 생각해요? 이 신발이 없었으면 못했어요!"라고 했다.

정말이지 그 발로는 그냥 서 있는 것조차 힘들어보였다. 그렇다면 원장님에게 그 신발은 생명줄이고 돈줄(?)이다. 미사여구나 과장 없이 담담하게 말하는 모습에서 신발에 믿음이 생겼다.

원장님은 내게도 신어볼 것을 권유했다. 집에서 글을 쓸 때 그

실내화를 신으면 좋은 파장을 받아 좋은 문장들이 떠오를 것이라 했다. 글쎄 신발에서 파장이니 에너지니 하는 것들이 나온다는 것을 믿을 수는 없었으나 가격을 물으니 22만 원이란다. 일반 실내화 2~30켤레 값이다. 일반 구두라 해도 가장 비싸게 산 것이 10만 원 좀 넘는 정도인데 집안에서 신는 실내화를 22만 원에 산다?

하지만 몸이 안 좋은 사람들은 지푸라기라도 잡고 싶은 심정이 있게 마련이다. 나는 두 켤레 사고 싶은 걸 일단 한 켤레만 샀다. 샌들처럼 생겨서 밖에서 신고 다녀도 괜찮은 생김새이지만 요즘엔 거의 집에서 지내니 집 안에서 신어보기로 했다. 예전에 서울대입구역 근처의 한 매장에서도 기능성 신발을 파는 가게에 들어가 본 적이 있는데 역시 20만 원대였다. 그래서 원래 기능성 신발 가격대는 그런가 보다 생각했다. 가죽도 괜찮아보였다.

원장님에게 신발의 효능을 자세히 들은 것도 아니고, 설명이 되어 있는 안내지가 있는 것도 아니었다. 인체와 발바닥에 장기 이름이 표시된 그림이 벽에 붙어 있을 뿐이다. 하지만 8년 동안 한 자리에서 일하고 있는 사람인데 사기 칠 리는 없을 것이다. 한편으론 효과가 없다손 치더라도 갖은 정성으로 내 몸을 관리해주고 있는 원장님에게 이익이 돌아갈 테니 그것으로도 이미 반은 가치가 있다고 생각했다.

그나저나 지금 명품 실내화를 신고 글을 쓰고 있으니, 명품 문장아, 마구 쏟아져 나와라, 그래서 내게도 돈줄이 되어주지 않으련?

너무 휘둘렀네

소파에 앉아 30여 분 정도 책을 읽었더니 어깨와 허리가 안 좋아 간단한 운동을 하기로 했다. 오후 세 시대는 살짝 졸음이 오는 시간이기도 하다.

병원에서 처방해준 팔 돌리기 운동도 하고, 유튜브에서 본 운동도 하다가, 걷기는 어떨까 하고 시작했다. 지난주 건강원에서 사온 명품 실내화를 신고 말이다. 소리도 전혀 나지 않아 집 안에서도 할 만했다. 기능 신발로 만들어진 실내화가 궁금해 회사 홈페이지로 들어가 검색도 해보았다.

발지압 특허 슈즈로 등록된 그 신발들이 만들어진 배경이 있었다. 신발 회사 대표가 어렸을 때 허리를 심하게 다쳐서 오래 걷거나 서서 활동하면 허리에 무리를 느끼고 많이 힘들었다고 한다. 그래서 성인이 된 후에 독일제 건강 신발을 신었는데 허리 통증이 줄어들어 신발의 중요성을 알게 되었단다. 하지만 신발이 너무 비싸 국내에 유통할 방법을 생각했고, 오산대 신발공학과 교수들과 함께 개발을 하게 되었다. 신발의 모양과 체중 분산에 효과적인 발아치를 받쳐주는 신발을 만들어낸 것이다. 거기에 조선시대 임금들이 버선 속에 콩과 팥을 넣어 콩신발을 신으며 건강관리 했다는 점에 착안하여 지압점을 추가했다고 한다.

현재 나는 어깨가 안 좋지만 무리가 가면 허리도 안 좋다. 척추이니 더 연관이 있겠지만 우리 몸은 유기체라서 어느 곳 하나가 안 좋으면 몸 전체가 안 좋아진다. 특히 뼈가 틀어지면 서서히 전체가 틀어지면서 염증이 생기기도 하고, 아픈 곳이 하나하나 늘어간다.

실내화 신고 운동한다면 허리만 그런 것이 아니라 몸 전체도 좋을 것이니 주방에서 거실까지 왔다 갔다 했다. 몇 보를 걷는지 체크해 보려고 휴대폰을 들고 걸었다. 그냥 걸은 것이 아니라 두 팔을 힘차게 흔들며 걸었다. 일명 파워워킹이다. 지난주 병원에서 처방받아온 진통소염제를 먹고 있어서 어깨 환자인 걸 잠시 잊고 있었다.

천 보가 이천 보 되고, 이천 보가 삼천, 사천, 오천 보가 되도록 걸었다. 한 시간 가까이 했다. 걷다 보니 어느 새 어깨가 가벼워지고 통증도 없어졌다. 역시 기능성 신발이라 효과가 좋다고 생각했다. 내일 아침에는 어깨 통증 없이 일어날 수 있겠다는 기대감도 컸다. 온욕까지 마치고 나니 어깨 날씨는 그야말로 '쾌청'이었다. 비싼 데는 다 이유가 있는 것이란 생각도 했다. 밀키 산책까지 마치고 저녁에 다시 주방과 거실을 걸어 만 보를 넘겼다.

그런데 새벽 3시에 일어나 찜질팩을 데워 찜질을 해야 했다. 자다가 또 깨서 6시에도 했다. 이러다가 팔을 못 쓰게 되는 건 아닌가 걱정이 될 정도로 아팠다.

몰입형인 내 기질이 또 문제다. 어깨 통증으로 관리 받고 있는 사람이 갑작스레 파워워킹을 했으니 안 아프겠는가. 생전 운동 안 하는 사람이 높은 산에 올라갔다 내려왔을 때 생기는 근육통처럼 통증이 양 어깨를 짓눌렀다.

그냥 걸었어야 했다. 걷는 거야 자주 하는 편이니까 무리가지는 않았을 것이다. 그런데 어깨 환자가 너무 과격하게 흔들어댔다. 시간을 다투지 않는 일이라면 대부분 천천히 하는 것이 좋다. 강도를 갑작스레 높이면 몸도 마음도 놀란다. 어떤 사람이 누굴 좋아한다고 훅 하고 들어가버리면 그 관계는 깨지기 쉽다.

우리 삶도 그러하다. 갑작스레 변화시키면 적응하기 힘들고, 과식하면 체한다. 절대, 내 인생만큼은 과격하게 흔들어대지 말 것!

혼자는 조금 외롭지만 많이 넉넉하다

어쩌다 보니 세 번째 책을 엮었습니다. 2017년에 덜컥 첫 책을 낸 이후, 겁도 없이 2년마다 내고 있음을 알았습니다. 책이 나올 때마다 삶의 마디가 생기는 것 같아 기쁘지만 잘하는 짓(?)인지 모르겠습니다. 나무에게 미안한 일이 되어서도, 독자들의 귀한 시간을 뺏는 일이 되어서도 안 되니까요. 이 때문에 매번 설렘과 긴장 사이에서 힘겨운 줄다리기를 합니다.

대신 다른 때보다 글 다듬는 데에 정성을 들였습니다. 본디 반복적인 행위를 힘들어 하는 사람인데 여러 번에 걸쳐서 읽고 고쳤습니다. 매번 손질할 것이 계속해서 나타났습니다. 끝이 보일 것 같지 않은 작업이었지요. 문장은 물론이고 조사 하나도 필요치 않으면 덜어내려고 노력했습니다. 그러함에도 많이 부족한 것은 제 능력이 그 정도이기 때문입니다.

많은 것을 걸치고 있던 제 일상도 코로나 시대를 맞아 제법 간소하고 단순해졌습니다. 그리고 나니 얼마나 삶이 가벼워졌는지요. 그리고 처음으로 혼자 떠난 제주에서 느낀, '혼자는 조금 외롭지만 많이 넉넉하다'는 것을 한껏 경험하고 있습니다. 오후가 되면 숲에서 자연과 교감하면서 행복을 느끼고, 그 어느 때보다 많은 글을 써서 이렇게 책을 또 펴낼 수 있게 되었습니다. 늦게까지 잠잘 수 있다는 건 또 얼마나 행복한 일인지요?

제가 하는 강의도, 들으러 가는 강의도, 모임도 없어지면서 참으로 넉넉한 시간이 주어졌습니다. 아이러니하게도 책은 더 못 읽은 사태(?)에 놓였습니다. 그러나 큰 부자가 된 느낌입니다. 자연에서, 혼자의 시간에서 평온을 얻고 있으니까요. 생각해보면, 숲도, 몸도, 오후 세 시도 결국은 문장이었습니다. 제가 읽어내고 해독해야 할 문장들 말입니다.

《그림책이면 충분하다》에서 김영미 선생님은, "사람이 사람답게 산다는 것은 자기의 시간 속에서, 공간 속에서, 그리고 관계 속에서 어떻게 그것들과 관계하며 사느냐의 맺음일 것이다"라고 했습니다. 그러면서 이 셋 사이에서 그 사람의 힘이 만들어진다고 합니다. 혼자 떠난 제주와 숲이라는 공간, 그리고 오후 세 시라는 시간에 저는 자연과 나와 관계하며 지냈습니다. 그러니 어느 정도는 나답게 사는 것이죠. 그 안에서 잉태된 어떤 힘이 한 단계 성장해 주었기를 기대해봅니다.

현재 그리고 있는 앞으로의 삶도, '나와 함께, 나답게, 나를 위해' 사는 것입니다. 그동안 많은 사람들 속에서 살았으니, 이제는 혼자 하는 것에 점점 익숙해지고 싶습니다. 아니 혼자가 아닌 나와 함께이니 나와 관계하며 이전과는 다른 빛깔의 삶과 힘을 기르고 싶습니다. 쫓기거나 조바심 나는 삶이 아닌 일상 속 작은 것에서 잔잔한 행복을 자주 많이 느끼며 살고 싶기 때문입니다.

여러분은 지금, 누구와 함께 있습니까? 여러분의 삶을 응원합니다.